AF142164

Julia Thiele wurde 1985 in Berlin geboren und glaubt manchmal an Geister. Zum Beispiel, wenn der Schlüssel mal wieder spurlos verschwindet, obwohl er gerade noch genau an seinem Platz lag. Dies ist ihr zweiter Roman.

Social Media: @juliawritesabook
Webseite: www.juliathiele.de

Ein Haus zwei Welten

Julia Thiele

Originalausgabe 2024
Das Werk ist urheberrechtlich geschützt.
Copyright © 2024 Julia Thiele
Umschlaggestaltung: Julia Thiele
Lektorat: Ellen Rennen
Korrektorat: Katja Scholz
Satz: Julia Thiele
Herstellung und Verlag: BoD – Books on Demand, Norderstedt

Dieser Titel ist auch als E-Book erschienen.

ISBN: 978-3-759-73650-5

Für alle, die an das Unerklärliche glauben.
Und für die Geister, die uns begleiten.

»Wenn du am Tag nicht auf deine Seele aufpasst,
dann wird sie nachts mit dir reden.«

— Unbekannt

01

Entgeistert krallt sich sein Blick in das matte Blau ihrer Augen, während sie einander schwer atmend fixieren.

Ohne den Blick von ihrem Mann abzuwenden, stellt sich Willow in den Türrahmen und versperrt damit den Weg ins Badezimmer. Entnervt stöhnt er auf, reißt seine nebelgrauen Augen von ihr los und dreht sich um.

»Thomas!«, bellt sie ihm hinterher.

Er durchquert den Flur und verschwindet in seinem Arbeitszimmer neben der Treppe.

»Typisch. Das ist ja mal wieder typisch …«

Mit donnernden Schritten folgt sie ihm. Als Willow den schmalen Raum betritt, lässt sich Thomas gerade auf den Bürostuhl mit der hohen Lehne fallen. Er stützt die Ellenbogen auf den langen Schreibtisch und vergräbt die Hände in seinen braunen Haaren. Als seine spröde Stimme erklingt, verdunkelt sich der Raum.

»Wieso kannst du mich nicht einfach in Ruhe lassen?«

Wie durch einen Tunnel beobachtet sie Thomas, der sich von ihr wegdreht und seinen Laptop aufklappt. Willows Hand gleitet nach Halt suchend über die Tapete, während ihr Blickfeld schrumpft. Spürt, wie sich die Wut in ihrem Bauch zusammenbraut. Sie ist noch längst nicht fertig! In drei Schritten ist Willow bei ihm und schlägt den Rechner wieder zu.

»Eine Diskussion ist nicht beendet, nur weil einer der Gesprächspartner sie verlässt«, faucht sie.

Der Bürostuhl rollt kratzend über den Holzboden. Thomas senkt den Kopf und betrachtet die weißen Knöchel seiner rechten Hand, die sich um die Armlehne klammert.

»Nicht mal in meinem Zimmer lässt du mich in Frieden«, knurrt Thomas, ohne zu ihr aufzusehen.

Willow schüttelt sich ihr dunkles Haar aus dem Gesicht, das nun wie ein wildes Meer über ihre Schultern fällt. Sie stemmt ihre Hände in die Hüften.

»Dein Zimmer? Das war nie als *dein* Zimmer gedacht.«

»Was willst du eigentlich von mir, Willow?«

»Ich will nichts *von* dir, ich will *mit* dir über unsere Zukunft sprechen. Über unsere Zukunft als Familie.«

»Nein, willst du nicht«, protestiert Thomas und schaut zu seiner Frau auf. »Du willst über *deine* Idee von unserer Zukunft sprechen und dass ich zu allem ja und amen sage.«

»Das stimmt nicht und das weißt du genau. Noch mal: Ich möchte, dass wir einen Weg finden, der für uns beide passt. Und ich möchte, dass du den alternativen Methoden mit mehr Offenheit begegnest.

Dass wir gemeinsam eine Lösung für uns erarbeiten.«

»Erarbeiten ... sexy«, raunt Thomas.

Zähneknirschend dreht sich Willow zum Fenster und blickt hinaus ins bunte Laub der Buche vor dem Haus. Der Wind zupft eine Handvoll Blätter aus der Baumkrone. Die Unterhaltung war ihr zu schnell entglitten. Thomas war ihr entglitten. Eine Mischung aus Wut, Angst und Frustration tobt nun in ihr. Ihre Hände zittern und Willow schlingt die Arme um sich selbst. Sich jetzt von ihren Emotionen überwältigen zu lassen ist keine Option. Sie muss einen klaren Kopf behalten, um die Situation wieder aus diesem Rausch an Gefühlen zu ziehen.

»Lass uns nach unten gehen. Ich mache uns Tee und wir fangen noch mal von vorn an.«

Thomas legt die Ellenbogen auf seine Knie. Er schüttelt den Kopf, sein ungläubiger Blick fällt auf den Boden zwischen seinen Füßen.

»Ich muss hier raus.«

Mit aufgerissenen Augen dreht sich Willow zu ihm.

»Wie bitte?«

»Du hast schon richtig gehört ...«

Thomas springt auf und verlässt fluchtartig das Zimmer. Wie erstarrt bleibt Willow allein zurück. Sie kann nicht glauben, was hier gerade passiert. Dass er im Begriff war, sie mit diesem Haufen gemeinsamer

Probleme wieder allein zu lassen. Aber das könnte ihm so passen! Willow nimmt die Verfolgung auf.

Das warme Licht des Nachmittags liegt auf einer zerwühlten, hellen Bettdecke. Ein leicht geöffnetes Fenster lässt leises Vogelzwitschern aus dem Garten herein, ein Windhauch spielt mit den langen Vorhängen.

Verloren steht Thomas im Schlafzimmer und sieht sich hilfesuchend um. Er weiß nicht wohin mit sich. Wie kann es sein, dass er in seinem eigenen Haus nirgends Ruhe findet? Willow immer auf seinen Fersen. Ein ständiger Schatten. Im Augenwinkel sieht er sie den Raum betreten. Eingesperrt. Auch ohne sie direkt anzusehen, spürt Thomas den Aufprall ihres vorwurfsvollen Blicks.

Vorsichtig geht Willow einen Schritt auf ihren Mann zu, doch er hebt beide Hände und wendet sich von ihr ab. Er flieht in die angrenzende Ankleide, öffnet eine der vielen Schranktüren und holt eine große Sporttasche heraus. Hitzig zieht er eine Schublade auf und greift hinein. Sie hat es nicht anders gewollt.

Willow platzt der Kragen. Wenn sie ihn jetzt gehen ließe, würden sie sich nicht nur weiter voneinander, sondern auch von einer Lösung entfernen. Würden gekränkt auseinandergehen, jeder für sich seine Wunden lecken und dabei das eigentliche Thema wieder aus den Augen verlieren. Sie würde nicht zulassen, dass

Thomas ihr das Thema Familienplanung erneut aus den Händen riss. Mit hämmerndem Herzen schiebt sie sich zwischen Thomas und den Kleiderschrank.

»Das ist jetzt nicht dein Ernst!?«

»Mein voller Ernst«, erwidert Thomas durch zusammengepresste Zähne. Er greift an ihr vorbei und zerrt einen Mantel vom Kleiderbügel.

»Das ist einfach großartig«, murmelt Willow und starrt fassungslos auf die hungrige Tasche am Boden. In ihrem Kopf wütet ein Sturm an Gedanken, während sich die Holzbügel leeren und gegeneinander schlagen. Eine weitere Schranktür quietscht. Die Geräusche multiplizieren sich und bohren sich in Willows Gehörgänge. Rückwärts taumelt sie zurück ins helle Schlafzimmer. Mit einer Hand an der Stirn lässt sie sich langsam auf das große Bett sinken, unter dem zwei grüne Augen hervorblitzen. »Ich hätte es mir denken können«, raunt sie. »Du folgst wieder deinem Fluchtinstinkt und wunderst dich dann, wenn wir dasselbe Gespräch wieder und wieder von vorn anfangen.«

»Ich kann es kaum abwarten«, motzt Thomas aus dem Kleiderschrank zurück.

»Was soll ich denn tun?«, ruft Willow und wirft dabei die Hände in die Luft. »Offensichtlich hörst du mir ja nicht zu. Ich –«

Die Tür des Kleiderschranks kracht zu. Ein roter Schatten huscht unter dem Bett hervor und hinaus in den Flur.

»Oh, und wie ich das tue.« Thomas kommt ins Schlafzimmer und marschiert, ohne seine Frau anzusehen, um das Ehebett herum. Er beugt sich zu seinem Nachttisch und greift nach der Lesebrille, während vier flinke Pfoten lautlos die Treppe hinabtippeln. »Ich frage mich manchmal, ob ich überhaupt irgendetwas *anderes* mache, als dir zuzuhören«, wettert Thomas weiter. »Willow will über die Zukunft reden.«

Er rupft einen Stecker aus der Wand und knüllt ein dünnes, weißes Kabel in seine Faust.

»Willow will zwei Kinder ...«

Jetzt geht das wieder los, denkt Willow und richtet ihren Blick zur Zimmerdecke. Thomas in seiner Abwärtsspirale auf dem schnellsten Weg nach unten. Immer tiefer bis zu dem Punkt, an dem niemand mehr an ihn herankommen kann. Rücklings lässt sie sich in die weichen Kissen fallen.

»Willow will nicht mehr länger warten«, krakeelt Thomas, während er mit schnellen Schritten das Zimmer durchquert, um dann wieder in der Ankleide zu verschwinden. »Willow will zum Spezialisten.«

Mit der ausgebeulten Tasche unter dem Arm und zerzaustem Haar kommt er zurück in den Raum.

Keuchend bleibt er vor dem Bett stehen und schaut auf Willow herab.

»Willow will will will ...«

Sie setzt sich auf und prompt treffen sich ihre Blicke mit einem lauten Knall.

»Ich hab es so satt, mir ständig anzuhören, was du für *dein* Leben so alles willst, und dass ich für alles verantwortlich bin, was *du* nicht bekommst.«

Willow spürt eine unbändige Hitze in sich aufsteigen und erhebt sich vom Bett. Bis auf wenige Zentimeter tritt sie an Thomas heran. Er weicht einen Schritt zurück und versucht das Zittern seiner Stimme herunterzuschlucken, bevor er weiterspricht.

»Aber weißt du eigentlich, was Thomas will?«, fragt er.

Sein hitziger Atem brennt in ihrem Gesicht. Willow verschränkt die Arme vor der Brust und versteckt ihr rasendes Herz.

»Dafür müsste *Thomas* sich mal äußern, statt ständig in seine Vermeidungsreaktionen zu verfallen.«

Ein düsteres Lachen entweicht Thomas' Mund.

»Oh ja, bitte ...«, sagt er, lässt die Tasche auf den Boden fallen, geht auf die Knie und faltet die Hände vor seiner Brust. »Analysiere mich!«

Willow schnaubt. In diesem Moment rutschen die Emotionen endgültig aus ihrem sonst so festen Griff.

Sie war seine Abwehrreaktionen so leid. Sein ständiges Opfergehabe! Das Flüchten in die Defensive, um sich bloß nicht mit sich selbst auseinandersetzen zu müssen.

»Du willst theatralisch?« Prompt stürmt sie an ihm vorbei in die Ankleide. Mit einem Paar Laufschuhe in der Hand kehrt sie augenblicklich wieder zurück. »Hier.«

Willow greift nach der Tasche auf dem Boden, reißt ihr das Maul auf und stopft die Schuhe hinein.

»Die kannst du ja jetzt wieder gut gebrauchen.«

Blind vor Wut zerrt sie den Reißverschluss zu und versetzt Thomas damit den letzten Stoß. Er ballt seine Hände zu Fäusten, während seine dunklen Augenbrauen zusammenrutschen. Seine Stimme bebt.

»Wird Zeit, dass ich hier rauskomme.«

In einer zügigen Bewegung wirft er sich den Gurt der Tasche über die Schulter, wendet sich von seiner Frau ab und verlässt den Raum.

Fassungslos bleibt Willow zurück. Sie sieht Thomas hinterher, wie er im Arbeitszimmer verschwindet und sogleich wieder mit seinem Laptop unter dem Arm herauskommt.

Sie sprintet hinaus in den Flur, während Thomas bereits die Treppe hinabpoltert. Die vielen gerahmten Fotos entlang der Stufen zittern an der Wand.

Willow prescht Thomas hinterher nach unten.

»Warte!« Ihr atemloses Rufen fällt die Treppe herunter. »Wir können nichts lösen, wenn du immer wegläufst.«

»Wenigstens laufe ich überhaupt«, brüllt Thomas von unten zu ihr herauf. »Deine Jogginghosen wissen nicht mal, wofür sie eigentlich erfunden wurden.«

Als Willow schließlich das Erdgeschoss erreicht, löst sich das unterste Bild von der Wand und fällt knirschend auf die letzte Stufe. Ein buschiger Schwanz verschwindet unter der Kommode neben der Haustür. Die alten Holzdielen schwingen unter Willows wütenden Schritten, als sie durch den Flur stampft. Den Blick hat sie fest auf den Rücken ihres Mannes gerichtet, der gerade eine Jacke überzieht. Bei ihm angekommen, reißt sie ihn an seinem Arm herum und schleudert ihre Worte in sein Gesicht: »Du kannst jetzt nicht einfach wieder abhauen!«

Mit einer kräftigen Bewegung befreit Thomas seinen Arm aus ihrem Griff.

»Dann pass mal gut auf«, antwortet er und öffnet die Haustür.

Ein Schwall frischer Herbstluft strömt ins Haus. Plötzlich drängt sich der Moment der Entscheidung zwischen die beiden. Thomas atmet scharf aus, Willow atmet tief ein.

Ein klägliches Mauzen schiebt sich in die folgenschwere Stille. Thomas hebt die Augenbrauen und lässt sich dann auf alle viere nieder. Er steckt seinen Kopf unter die Kommode.

»Du hast ja recht.« Sanft greift er unter das Möbelstück und zieht behutsam eine buschige, rote Katze hervor. Ihre grünen Augen schnellen im Flur hin und her. Vorsichtig steht Thomas auf und sagt in ihr Fell: »Dich nehm ich wohl besser mit.«

Er nimmt seine Sporttasche und wendet sich zum Gehen.

»Wer weiß, was sonst dieses Mal schiefgeht.«

»Fantastisch!«, ruft Willow den beiden hinterher. »Na komm, reib mir das mit dem Tierarzt doch noch mal unter die Nase.«

Die Katze schaut über Thomas Schulter zur Zimmerdecke und mauzt leise, während sie aus dem Haus getragen wird. Thomas steht auf der Veranda und schaut auf die drei Stufen hinab, die in den Vorgarten und zu einem schmalen Weg führen, der sich bis hin zur Straße schlängelt. Langsam hebt er den Blick und dreht sich zu Willow um. Seine Stimme klingt rau und ruhig.

»Jeder andere Mensch hätte gewusst, dass ein Tier mit Magenproblemen besondere Pflege braucht und zum Arzt muss.«

Dann schüttelt er den Kopf.

»Nein, ich muss mich korrigieren«, sagt er mit einem unechten Lächeln, die Worte liegen bereits messerscharf geschliffen auf seiner Zunge. »Jeder Mensch, der über elterliche Instinkte verfügt ... Denk mal drüber nach – wie könnte ich einer Person, die nicht mal auf meine Katze aufpassen kann, zutrauen, jemals eine gute Mutter zu sein ...«

02

Der laute Knall der Haustür vertreibt zwei Krähen vom Gartenzaun. Zeternd steigen sie hinauf in die Lüfte und fliegen über die Dächer der Nachbarhäuser davon.

Fluchend wetzt Thomas quer über die Wiese vor dem betagten Haus, aus dem ein dumpfes Schimpfen ertönt. Mit einer Hand umklammert er seinen Autoschlüssel, während er mit der anderen sanft die rotblonde Katze gegen seine Brust drückt. Es ärgert ihn, dass Willow es immer wieder von neuem schafft, in ihm dieses Gefühl der Enge auszulösen. Ihn so zu bedrängen, obwohl sie genau weiß, dass er wahrhaftig anderes zu tun hat. Er will nur noch eins: Nichts wie weg hier!

Plötzlich wird die dunkelgrüne Haustür hinter ihm aufgerissen. Willow tritt mit rotem Gesicht hinaus auf die Veranda, ihre Haare wehen aufgebracht im Wind.

»Verschwinde nur! So löst man seine Probleme!«

Während Thomas mit höchster Konzentration versucht, das Brüllen seiner Frau zu ignorieren, antwortet der Stubentiger auf seinem Arm mit einem Fauchen.

»Und diesen scheußlichen Fellball habe ich sowieso nie gemocht!«

Krachend fällt die Tür ein zweites Mal ins Schloss. Der Türgriff vibriert in Willows zitterndem Griff.

Das Blut pulsiert in ihren Fingerkuppen. Das ganze Haus scheint zu beben.

Im Wohnzimmer rutscht eine schlanke Blumenvase vom Kaminsims und fällt zu Boden. Klirrend zerspringt sie in eine Handvoll großer Scherben und spuckt einen halb vertrockneten Strauß weißer Lilien aufs Parkett.

Willow zuckt zusammen. Dann greift sie nach ihrem Schlüssel auf der Kommode und schließt gründlich ab. Zusätzlich verriegelt sie die den Eingang mit einer kleinen Metallkette. Er will sich aus der Affäre ziehen? Bitte! Wenn er am nächsten Morgen wieder reumütig auf der Matte steht, kann er sehen, wo er bleibt.

Willow dreht der Tür den Rücken zu und lehnt sich dagegen. Langsam gleitet sie herab bis auf den Boden. Wieder allein mit den vielen unausgesprochenen Gedanken. Wieder in einer Sackgasse gelandet. Sie streckt ihre Beine aus und schließt die Augen. Atmet ruhig, bis ihre Wut schrumpft. Spürt, wie sie ihren Körper Stück für Stück freigibt. Wie sich ihr Kiefer entkrampft und die Anspannung aus ihrem Nacken weicht. Ihre Schultern sacken nach unten.

Nach einigen Minuten hat ihr Herz in einen melancholischen Rhythmus gefunden und sie öffnet die Augen.

Die Scherben der Vase glänzen in einer kleinen Pfütze Wasser vor dem Kamin. Ein tiefer Seufzer entweicht ihrer Lunge, als sich Willow schließlich vom Boden erhebt. Mit erschöpften Schritten schleppt sie sich durch den Flur in die Küche.

Handfeger und Müllschippe baumeln an ihren schlaffen Armen, als sie zum Kamin schlurft. Sie schaut hinab auf Thomas' letzte Entschuldigung. Ihre Augen fixieren die langen, weißen Blütenblätter zu ihren Füßen, bis sie jegliche Kontur verlieren und die unscharfen Formen ineinanderfließen. Willow spürt eine feuchte Kälte an ihren Zehen. Sie blinzelt ihren Blick wieder klar und bemerkt, dass sich ihre Socken mit dem alten Blumenwasser vollsaugen. Mit spitzen Fingern sammelt sie die Blumen vom Boden. Anschließend ziehen die Borsten des Handfegers die nassen Scherben kratzend aufs Kehrblech.

In der Küche schüttet sie die Überreste der Vase in den Müll. Nachdem sie die toten Blumen hinterhergestopft hat, fällt ihr erschöpfter Blick auf den Futternapf neben dem Kühlschrank. Der halbvolle Napf der Katze sackt ebenfalls hinab in den Mülleimer.

»Mistvieh«, raunt Willow und verlässt den Raum.

Orientierungslos steht sie im Flur und lauscht. Die Stille brüllt in ihren Ohren. Das Haus beginnt zu flüstern. Gelegentlich knarzt der Holzboden. Die alten Rohre gurgeln leise. Willow hört ihren eigenen Atem. Wie sehr sie es hasst, sich in ihrem eigenen Haus derart allein zu fühlen.

Sie zieht ihr Handy aus der Hosentasche und setzt sich auf die Treppe. Tippt auf eine Nummer in ihrer Favoriten-Liste und wartet. Während es klingelt, betrachtet sie den Bilderrahmen, der neben ihr auf der Stufe liegt. Er umarmt ein Urlaubsfoto aus einer besseren Zeit. Thomas mit einem übergroßen Sombrero. Ein haarfeiner Riss im Glas zerschneidet sein Lächeln.

Eine Träne kriecht über ihre Wange, als sich am anderen Ende eine Frauenstimme meldet. Willow wischt die Träne weg und wispert: »Er hat die Katze mitgenommen.«

03

Dunst wabert träge über die Decke des Badezimmers. Ein Tropfen löst sich am schwitzenden Fenster zum Garten und rinnt die Scheibe nach unten. Draußen legt sich die Nacht wie eine schwere Decke über das Haus.

Willow betrachtet den Wein im Bauch ihres Glases, der im trüben Schein einer Kerze blutrot leuchtet. Ein Bein hängt dampfend über dem Wannenrand. Ein herb-süßer Geschmack liegt auf ihrer Zunge. Sie stellt das in ihren Augen halb leere Weinglas neben ihre Schulter auf die schmale Ablage und nimmt ihr Handy. Mit geröteten Augen starrt sie ins blaue Licht des Telefons. Ihre aufgeweichten Finger rutschen über die Tastatur auf dem kleinen Bildschirm.

Wie soll es denn jetzt deiner Meinung nach weitergehen? Denkst du, untertauchen bringt uns auch nur irgendwie voran?

Willow zupft sich eine wellige Strähne aus der Stirn und fummelt sie in den Dutt auf ihrem Kopf, bevor sie weiterschreibt.

Wenn du ernstha –

Auf dem Display erscheint eine Nachricht:

Die Person ist vorübergehend nicht verfügbar.

Du kannst derzeit nicht auf diese Unterhaltung antworten.

»Argh!«

Willows Augen rollen nach oben. Mit Anlauf war sie gegen eine Wand gelaufen, die Thomas eigenmächtig zwischen ihnen beiden errichtet hatte. Und das nicht zum ersten Mal.

Das Telefon landet auf der weichen Badematte vor der Wanne. Grummelnd zieht sie den Stöpsel und dann sich selbst aus der Wanne. Sie nimmt ihren bunt gemusterten Kimono von einem der Wandhaken neben dem Waschbecken und schlüpft hinein. Der Schein der Kerze treibt auf der Wasseroberfläche. Wie hypnotisiert beobachtet Willow, wie das Badewasser in den Ausguss gesogen wird. Ungesagte Dinge schwimmen in ihrem Kopf und suchen noch immer verzweifelt den Ausgang. So sehr sie auch versucht, ihre Gedanken verstummen zu lassen, es will ihr heute nicht gelingen. Wie sehr sie Funkstille hasst.

Mit dem Weinglas in der Hand geht Willow zum blinden Spiegel. Sie wischt über das beschlagene Glas, das stumpf die Umrisse einer blassen Gestalt in die Dunkelheit malt.

Große, nahezu schwarze Augen schauen sie an. Fast wie der Blick eines Fremden. Ihr Gesicht ähnelt einer Grimasse. Übermüdet. Abgekämpft.

Ihre kiloschweren Augenlider senken Willows Blick. In zarten Adern fließt der Rest Rotwein in den Ausguss des weißen Beckens. Ein erschöpfter Hauch erstickt die Kerze.

Müde lässt sie sich quer auf das große Bett fallen und vergräbt ihr Gesicht in der weichen Bettdecke. Sie riecht nach ihm. Das kannst du vergessen, denkt sie und rappelt sich sofort wieder auf. Dass du heute hier mit im Bett schläfst!

Die kleinen Druckknöpfe ploppen nacheinander auf, als Willow entschieden den Bezug von der Decke zerrt. Den Stoff zu einem großen Klumpen knetend, geht sie in die Ankleide. Ein hoher Korb verschluckt die Wäsche und Willow holt neues Bettzeug aus dem beleuchteten Schrank.

Mit ungeduldigen Bewegungen kleidet sie die Decke neu ein. Als sie fertig ist, fällt ihr Blick auf Thomas' Nachttisch. Darauf stapeln sich eine Reihe Science-Fiction-Romane neben einer seiner vielen Armband-uhren, Kleingeld, einer Packung Taschentücher und dem ganzen anderen Kleinscheiß, den nun wirklich niemand neben seinem Bett liegen haben muss.

Die Schublade des Schränkchens quietscht beim Öffnen. Rumpelnd fallen die Gegenstände hinein, als Willow mit dem Arm über den Nachttisch wischt.

Schon fühlt sich das Zimmer ein wenig auf-
geräumter an. Friedlicher. Und Willow sich auch. Ein
wenig.

04

Drei Wochen Malediven. Das Resort und die Ehe waren erst wenige Wochen alt. Thomas hatte häufig geschäftlich telefoniert und sich täglich über das schlechte Internet beschwert. Willow las während der Flitterwochen sieben Bücher und nahm den Sonnenbrand ihres Lebens mit nach Hause.

Zwei Stufen darunter: zehn Tage Abu Dhabi. Ein Jeep in der Wüste bei untergehender Sonne. Thomas liebte das Adrenalin, Willow die arabische Küche und beide einander mehr denn je. Inmitten unendlicher Sanddünen schworen sie einander, sich nie wieder gegenseitig so zu verletzen. Es war die Reise nach dem ersten großen Knall.

Aus dem Augenwinkel späht Willow auf jene gerahmten Erinnerungen, als sie am frühen Morgen die schmale Treppe hinuntergeht. Sie bleibt vor einem schiefen Bilderrahmen stehen. Ein Schmerz kriecht in ihr Herz.

Portugal. Zwei Wochen. Ein Moment des Glücks. Am Fuße einer Steilklippe wehte ihnen der Wind wild durchs Haar. Thomas lachte in Willows dunkle Mähne hinein, die Augen geschlossen.

Sie vermisst dieses Lachen. Seine Fähigkeit, sie mit seiner Lebensfreude immer wieder anzustecken. Wie in jenem Moment hinter Glas.

Willow rückt den Bilderrahmen wieder gerade, als es auch schon an der Tür klingelt. Prüfend schaut sie kurz in den kleinen, runden Spiegel, der zwischen den Bildern auf halber Treppe hängt und streicht ihre azurblaue Bluse glatt. Keine Zeit für Sentimentalität.

Die dunklen, langen Haare über die Schulter werfend, geht sie zügig zum Eingang und schlüpft in ein Paar flache Schuhe. Dann zaubert sie sich selbst ein Lächeln ins Gesicht und öffnet die Haustür.

»Guten Morgen.«

Ein älterer Herr mit müden Augen steht in einem grauen Mantel auf der Fußmatte. Seine buschigen Augenbrauen heben sich zur Begrüßung und die beiden schütteln sich die Hände.

»Kommen Sie herein, wir können gleich nach hinten durchgehen.«

Der Mann tritt ein und geht mit Willow und hängenden Schultern den Flur entlang ins hinterste Zimmer.

Es ist ein kleiner, heller Raum mit einem Schreibtisch an der Wand und zwei Sesseln auf einem runden Teppich in der Mitte. Vor einem großen Fenster zum Garten steht eine Pflanze mit nur wenigen

Blättern. Vereinzelte Regentropfen rinnen an der Scheibe entlang.

»Kaffee oder Tee für Sie?«, fragt Willow, als der Mann seinen Mantel an einen Garderobenständer direkt neben der Tür hängt.

»Gern wieder den Ingwer-Tee«, antwortet eine wunde Stimme.

»In Ordnung. Geht gleich los.«

Während der erste Patient des Tages sich auf einen der beiden Sessel niederlässt, verschwindet Willow aus ihrem Arbeitszimmer. Flink geht sie durch den Flur in die Küche.

Der Wasserkocher haucht heißen Dampf in die Luft, während Willow einige Scheiben frischen Ingwer in eine Tasse fallen lässt. Als das kochende Wasser darüberblubbert, verströmt er seinen scharfen Geruch im ganzen Raum.

Willow nimmt einen tiefen Atemzug und geht mit der dampfenden Teetasse an der Treppe vorbei. Wieder können es ihre Augen nicht lassen und huschen für den Bruchteil einer Sekunde über die Bilder an der Wand. Eine Reflexion klemmt sich dabei in ihrem Augenwinkel fest. Ihre Schritte verlangsamen sich, ehe sie schließlich stehen bleibt. Stirnrunzelnd geht sie zurück und steigt ein paar Stufen nach oben. Sie schiebt ihren Blick in den einen runden Rahmen.

Ein weißes Antlitz starrt ihr mit aufgerissenen, schwarzen Augen aus dem Spiegel entgegen.

Sie kneift die Augen zusammen und das Gesicht im Spiegel verzieht sich zu einem breiten Grinsen.

Die Tasse kippt, heißer Tee schwappt heraus und landet auf Willows Hose.

»Verdammt!«

»Alles in Ordnung bei Ihnen?«, ruft es aus dem Zimmer am Ende des Flurs. Willows Blick schnellt zurück in den Spiegel und findet dort nur ihre eigenen dunkelblauen Augen. Ihr Herz pocht.

»Ja, alles in Ordnung. Ich bin sofort bei Ihnen.« Irritiert huscht sie zurück in die Küche, tupft hastig ihr Hosenbein halbwegs trocken und füllt die halb leere Teetasse mit Wasser aus dem Hahn. Dann legt sie sich die Hand auf die Brust und spürt, wie sich der Herzschlag unter ihren Fingerspitzen beruhigt.

Mit einem milden Lächeln betritt sie ihr Arbeitszimmer, stellt den Tee auf den runden Beistelltisch neben den Sessel des Mannes, der sich mit einem Nicken bedankt.

»Gute Wahl«, sagt sie. »Bei diesem ungemütlichen Wetter braucht man ein bisschen Wärme von innen.«

Der Mann versucht sich in einem Lächeln, das ihm nicht so ganz gelingen will.

Willow setzt sich ihm gegenüber auf den zweiten Sessel und schlägt die Beine übereinander.

»Was führt Sie heute hierher?«

Mit einem herzlichen Händeschütteln verabschiedet Willow ihren letzten Besuch des Tages an der Haustür. Sobald die junge Frau den Vorgarten durchquert hat und außer Sichtweite ist, tritt Willow ebenfalls hinaus. Sie stützt ihre Hände auf das feuchte Holzgeländer der Veranda.

Die Bäume, die die Straße säumen, wiegen ihre gelben Baumkronen leicht in der frischen Herbstluft. Ein Windhauch trägt den Geruch des nassen Laubs zu Willow herauf, als die Straßenlaternen flackernd aufleuchten und den frühen Abend einläuten.

Willow geht wieder ins Haus und lässt ihr Lächeln auf der Veranda zurück. Das Türschloss rastet ein, ihr Schlüssel landet klimpernd neben einem traurigen Kaktus auf der Kommode.

Wenig später betritt sie in Hoodie und Jogginghose das Badezimmer. Sie bindet ihre langen Haare zu einem Knoten zusammen und dreht den Wasserhahn auf.

Ein weißer Schleier liegt über ihrem Spiegelbild, als Willow gedankenverloren ins Waschbecken schaut. Ein paar Minuten lang lässt sie warmes Wasser über ihre

Hände fließen. Ein Ritual, das ihr hilft, nach einem intensiven Arbeitstag das Hier und Jetzt zu spüren. Gedanklich wieder bei sich selbst anzukommen und in ihre eigene Realität zurückzukehren.

Die Dämmerung kriecht bereits hinter dem Fenster über den Himmel. Ein weiterer Abend, an dem das Haus vor lauter Grabesstille aus allen Nähten zu platzen droht, liegt vor ihr. Zwar hat sie an sich kein Problem damit, allein zu sein, und doch spürt sie augenblicklich die Einsamkeit in allen Ritzen lauern.

Sie löscht das Licht und verlässt das Badezimmer, ohne einen Blick in den Spiegel zu werfen. Sonst wäre ihr wohl das blasse Gesicht mit den schwarzen Augen aufgefallen, dass sie von dort aus beobachtet.

Auf dem Treppenabsatz bleibt Willow stehen. Vielleicht sollte sie umdrehen und sich einfach gleich ins Bett legen. Mit der Hoffnung auf eine erholsame, traumlose Nacht. Vielleicht noch ein paar Seiten lesen. In diesem Moment knurrt ihr Magen und überredet sie dazu, doch noch den Kühlschrank aufzusuchen.

Als Willow die Treppe hinuntergehen will, erscheint vor ihr im Halbdunkel eine schwach leuchtende Gestalt.

Abrupt bleibt sie stehen, ein Fuß über der nächsten Stufe schwebend. Ihre linke Hand umklammert das Treppengeländer. Ein paar gedehnte Sekunden lang schwebt am unteren Ende der Treppe ein weißes Wesen.

Kaum größer als eine Katze. Plötzlich huscht, was auch immer das ist, in einen der Bilderrahmen hinein und ist verschwunden.

In der Wand.

Verschwunden.

Ungläubig poltert Willow die Treppe komplett hinab, knipst den Lichtschalter neben der Küchentür an und rennt ein paar Stufen wieder hinauf. Bis zu diesem Bild. Es ist das Foto von ihrem Hochzeitstanz unter einem Meer an Lichterketten. Schwarz-weiß wie aus einer anderen Zeit. Es zeigt das gleiche Motiv wie immer, hängt dort, als sei nichts gewesen.

Mit beiden Händen nimmt sie den Rahmen von der Wand und schaut dahinter.

Wand.

Sie hängt das Bild wieder an den Nagel. Vorsichtig blickt sie sich um, doch alles scheint wie immer. Keine Besonderheiten. Nichts, was diese seltsame Erscheinung hätte erklären können. Sofort eilt Willow ihr Gehirn zur Hilfe. Halluzinationen aufgrund von emotionalem Stress sind keine Seltenheit. Ein Zeichen psychischer Übermüdung, ein Warnsignal.

Während Willow aufmerksam die Treppe wieder hinabsteigt, sieht sie dieses Wesen noch immer vor ihrem inneren Auge. Der Anblick hat sich förmlich eingebrannt.

05

»Sie haben Fritten bestellt?«

Eine ausgebeulte Papiertüte landet zur Begrüßung in Willows Hand. Dann tritt Melanie über die Türschwelle. Sie trägt eine rosa Teddyjacke, einen roten Schal und eine gelbe Mütze.

»Eigentlich hatte ich meine Freundin bestellt«, entgegnet Willow. Mel hebt eine Hand und streckt nacheinander die Finger aus.

»Guacamole, Salsa, Mayo, Currysoße und ...?«

Der kleine Finger wackelt fragend.

»Bolognese?«

»Bolo!«, bestätigt Mel und reibt sich ihre kleine runde Nase. »Richtig kalt geworden.«

Sie zieht sich die Mütze vom Kopf und schüttelt ihre welligen, roten Haare aus.

»Du frierst aber auch bei vierundzwanzig Grad und Sonnenschein«, entgegnet Willow und trägt die Papiertüte, deren Boden schon nahezu durchsichtig ist, in die Küche. Dort heizt sie den Ofen an und packt die Tüte aus. »Ich mach die Pommes noch mal warm«, ruft sie hinaus in den Flur.

»Ja, super!«, flötet Mel, als sie mit geröteten Wangen in die Küche kommt und sich sogleich auf der

Sitzbank unter dem Fenster niederlässt. Als sie vor nicht mal einer Stunde die aufgeregte Sprachnachricht ihrer Freundin bekam, hat sie sich sofort auf den Weg gemacht.

»Ich bin richtig gespannt auf dein unerklärliches Phänomen.«

»Ich weiß genau, wie sich das anhört ...«, sagt Willow mit einem Seitenblick auf Mel und schiebt die Fritten in den Ofen. »Aber ich schwöre dir, da war was. Willst du was trinken?«

»Wasser erst mal. Oder nee, hast du Ginger Ale?«

»Ich gucke.«

Mel sieht sich in der Küche um, während Willow im Kühlschrank wühlt.

»*Wo* hast du denn nun *was* genau gesehen?«

Willow schließt den Kühlschrank.

»Kein Ginger Ale. Komm mit.«

»Kein Ginger Ale«, echot Mel und zwängt sich seufzend am Tisch vorbei. Sie folgt ihrer Freundin zum Fuße der Treppe.

»Also, zuletzt«, beginnt Willow und flitzt die Stufen hinauf, »stand ich hier oben.«

Mel schaut hinterher und lehnt sich an das Treppengeländer.

»Und?«

»Siehst du das Foto von unserer Hochzeit? Genau da war es!«

Willow zeigt darauf. Melanie steigt die Treppe hinauf und betrachtet die Bilder an der Wand. Für sie sah soweit alles aus wie immer. Die Zurschaustellung eines perfekten Paares an perfekten Orten. Würde es sich hierbei nicht um ihre beste Freundin handeln, wäre Mel bei diesem Anblick mit Sicherheit übel geworden.

»Was genau denkst du war es?«

Willow geht die Stufen hinab und die beiden bleiben vor dem idyllischen Foto stehen.

»Es sah aus wie ein Geist, den man aus Cartoons kennt.«

»So mit weißem Laken meinst du?«

»Ich bin nicht sicher, es war irgendwie so unscharf und hat nur schwach geleuchtet. Ha!«

Willow eilt zwei Stufen auf einmal nehmend die Treppe hinab und schaltet erst das Deckenlicht der Küche und dann das Licht im Flur aus. Einen Moment lang verschwindet alles in purer Dunkelheit. Nach und nach lösen sich Umrisse aus der Finsternis.

»Es war dunkel«, flüstert Willow.

Regungslos stehen sie auf der Treppe und spitzen ihre Ohren. Es ist vollkommen still. Nichts geschieht.

Zur selben Zeit erklingt auf der gegenüberliegenden Straßenseite ein leises Quietschen. Im Vorgarten einer dreigeschossigen alten Villa schwingt eine Schaukel einsam vor und zurück. Von hier aus hat man einen direkten Blick auf Willows Haus, in dem vor wenigen Sekunden alle Lichter erloschen sind. Was da wohl los ist, wundert sich eine nahezu durchsichtige Gestalt.

Mel betätigt den Wandschalter und holt das Licht zurück in den Flur. Stirnrunzelnd lehnt sie sich in den Türrahmen.

»Aber Moment mal, sagtest du *zuletzt?*«

Willow steht noch immer auf halber Treppe, nickt und zeigt auf den runden Spiegel.

»Da drin habe ich vorher schon so eine Art Geistergesicht gesehen.«

Mel hebt eine Augenbraue und schaut zwischen ihrer Freundin und dem völlig normalen Spiegel hin und her. Beim letzten Ehestreit musste es wohl doch mehr zur Sache gegangen sein, als sie bislang geglaubt hatte.

»Komm, die Pommes werden sonst zu knusprig, ich mag's ein bisschen labbrig«, sagt sie und zieht Willow zurück in die Küche.

»Ich sag dir, ich hab mir das nicht nur eingebildet. Glaubst du mir?«

Mel schaltet den Ofen aus und nimmt sich einen Topflappen aus der Schublade.

»Ich denke, es gibt Dinge zwischen Himmel und Erde, die manchmal schwer zu erklären sind«, beginnt sie und hebt das Blech duftender Pommes auf den Herd. »Aber ich glaube auch, dass du gerade ein paar sehr stressige Tage hinter dir hast und noch dazu gleich wieder arbeiten gerannt bist.«

»Wenn ich von meinen Patienten erwarte, im Falle eines Falles spätestens achtundvierzig Stunden vor einem Termin abzusagen, muss ich ihnen ja wohl die gleiche Verbindlichkeit entgegenbringen.«

Willows Freundin wirft den Topflappen zurück in die Schublade und hebt die Hände.

»Ich will dich auch gar nicht kritisieren, Willie, ich weiß ja, wie sehr du deine Arbeit liebst. Du bist nur gerade wieder sehr damit beschäftigt, allen anderen zu helfen, statt dir selbst. Wann bist du denn mal an der Reihe?« Sie schnappt sich eine heiße Fritte vom Blech. »Alles, was ich sagen will, ist, dass bei dir gerade ganz schön viel los ist. Im Falle eines Falles und so … Fündescht du nücht auch?!«

Willow setzt sich an den Küchentisch und erlaubt der Erschöpfung, die ihr seit Tagen hinterherschleicht, sie endlich einzuholen.

Mel stellt fünf kleine Plastikbecher mit Soßen auf den Tisch. Sie kann sich nicht erinnern, Willow jemals so abgekämpft gesehen zu haben. Wütend, ja. Frustriert und traurig. Aber so entkräftet wie jetzt? Sie serviert die frisch aufgebackenen Fritten und setzt sich neben ihre beste Freundin.

»Wie gehts dir denn?«

»Gut«, lügt Willow. Sie fummelt die Deckel von den kleinen Soßenbechern. Sie lehnt sich zurück. »Viel Wut. Viel Ohnmacht. Wenig Schlaf.«

»Was würdest du denn einer Patientin in deiner Situation raten?«

Willow wiegt den Kopf hin und her, während sie ein Kartoffelstäbchen durch eine dunkelrote Soße zieht. Sie hatte keine Lust, jetzt in eine Unterhaltung über die Komplexität ihres Berufs abzudriften.

»Das kann man so nicht vergleichen.«

»Okay, okay. Aber nimmst du dir denn auch genug Zeit und Ruhe, um das alles richtig zu verarbeiten? Beim letzten Mal seid ihr ja nach drei Tagen schon wieder übereinander hergefallen.«

»Ich muss gerade erst mal irgendwie klarkommen und die Woche rumbringen. Einen Tag nach dem anderen.« Willow schiebt ihren Teller Pommes von sich und stützt ihr Kinn auf die Hände. »Wie konnte er mir das schon wieder antun, Mel?«

Melanies Stirn legt sich über ihren graugrünen Augen in Falten. Sie kennt das Temperament ihrer Freundin nur zu gut und kann sich lebhaft vorstellen, wie es hergehen muss, wenn diese zwei Dickköpfe kollidieren. Beide gleichermaßen fähig, einander gezielte Tiefschläge zu verpassen.

»Ich hab das Gefühl, Thomas könnte mich das Gleiche über dich fragen ...«

Willow schaut hinab, während seine letzten Worte erneut in ihre Gedanken kriechen.

»Und falls du doch Ablenkung brauchst, verstehe ich das natürlich. Sag mir einfach Bescheid.« Mel kippt einen Klecks Guacamole auf ihren Teller und rührt mit einem Pommes darin herum. »Aber zurück zu deinem Ufo.«

Seufzend zieht Willow den Teller Pommes wieder zu sich heran.

»Deine Nachricht hat mich wirklich überrascht. Ich kann ehrlich gesagt immer noch nicht fassen, dass du an Geister glaubst«, sagt Mel. »Hätte ich irgendwie nicht von dir gedacht.«

»Ich von mir auch nicht. Eigentlich«, nickt Willow nachdenklich. »Aber ich glaube meinen Augen ...«

Sie wird das Gefühl einfach nicht los, dass sie sich dieses Geisterwesen *nicht* eingebildet hat. Selbst nachdem sie allerhand rationale Erklärungen gedanklich durchgespielt hat, lässt sich dieser unbehagliche Zweifel nicht abschütteln.

Klingt es verrückt? Ja.

Kann es trotzdem real sein? Vermutlich nicht.

Mel studiert einen Moment lang das ernste Gesicht ihrer Freundin und fasst dann einen Entschluss.

»Also gut. Morgen hier, gleiche Zeit. Vier Augen sehen mehr als zwei.«

06

›Kapitel 6 - Nachdem Sie sich zunächst mit der Anwesenheit einer weiteren Seele in ihrer unmittelbaren Umgebung gedanklich arrangiert haben, nehmen Sie im Folgenden mit ihr Kontakt auf.‹

Der Schein des Kaminfeuers flackert über das sandfarbene Papier des dicken Wälzers, der in Willows Schoß liegt. Er riecht nach Bibliothek. Umgeben von etlichen Büchern, die kreisförmig um sie herum ausgebreitet sind und den halben Boden bedecken, sitzt sie auf dem Teppich und liest.

Mel geht langsam kreisend um sie herum und zieht mit einem Stück glimmendem Palo Santo-Holz dünne Rauchfäden durch die Luft. Die schweren Vorhänge sind zugezogen.

»Dann lass uns mal Kontakt aufnehmen«, sagt Mel und legt das Holzstäbchen in eine leere Tasse auf dem Boden. »Wie genau stellen wir das an?«

»Das versuche ich ja gerade herauszufinden«, entgegnet Willow und blättert durch die Seiten des nächsten Kapitels. Mel setzt sich neben Willow und gemeinsam werfen sie einen Blick ins Buch.

Während sich ihre vier Augen auf das Geschriebene konzentrieren, huscht unbemerkt ein heller Schatten an der Zimmerdecke entlang. Wie ein Schleier hängt er im Kronleuchter, der nun direkt über ihren Köpfen leicht zu baumeln beginnt. Doch auch das leise Klirren der Kristalle bleibt unbemerkt. Neugierig schaut es hinab, das kleine, weiße, nahezu durchsichtige Gespenst. Die Augen zwei große, dunkle Kreise, der Mund klein und frech.

»Hier stehts.« Mel zeigt auf eine Stelle im Text und versucht einen möglichst überzeugten Tonfall anzuschlagen. Wie es sich eben für jemanden gehört, der seine beste Freundin bei jedem noch so absurden Vorhaben unterstützen will. »Lies mal vor!«

Willow zieht ein Haargummi von ihrem Handgelenk, knotet sich die Haare zu einem Dutt zusammen und lässt ihre Fingerknochen knacken. Dann hebt sie eine Hand und liest laut aus dem dicken Buch vor: »Ich nehme dich wahr, verlorene Seele«, tönt sie in den Raum hinein.

Verwundert schaut das Gespenst von oben herab und fragt sich, was zur Hölle die beiden da eigentlich machen.

Mel steht auf und wirft einen Blick ins Treppenhaus. Willow bleibt zurück und schaut im Wohnzimmer umher. Das Gespenst folgt ihrem Blick. Im Kamin knackt ein Holzscheit.

»Hier ist nichts«, ruft Mel aus dem Flur.

46

Seufzend blättert Willow wieder im Buch. Während Mel dabei ist, einen prüfenden Blick in die Küche zu werfen, lässt sich das Gespenst langsam hinabsinken. Unbemerkt fliegt es um den Ohrensessel herum und betrachtet neugierig die Bücher hinter Willows Rücken.

»Seelenwesen aus der Zwischenwelt ...«

Erschrocken macht sich das Gespenst klein. Willow hebt den Blick zur Decke und schaut erwartungsvoll ins Leere. Mel erscheint wieder und lässt ihre Augen ebenfalls zur Zimmerdecke rollen.

»Ich nehme Kontakt zu dir auf.«

Nichts geschieht.

»Ich mach einen Wein auf«, sagt Mel entschieden und marschiert wieder davon.

Willows nachdenklicher Blick landet im Feuer. Noch nie wurde sie von ihrer Intuition so fehlgeleitet.

Frustriert schlägt sie das dicke Buch mit dunkelblauem Einband namens *Parapsychologie* zu und greift zum nächsten. *Spiritismus for Dummies.*

Das Gespenst schaut Willow über die Schulter.

›*Vertreibung von Hausgeistern,*

Regel 12: Die Existenz fremder Geister muss nun anerkannt werden.‹

Erneut schaut Willow zur Decke und sagt, fast schon feierlich: »Ich erkenne deine Existenz an!«

Wieder geschieht nichts.

Das Gespenst entdeckt ein Buch mit bunten Bildern. Es gleitet unter die Couch, zieht das Buch zu sich heran und blättert verborgen im Schatten darin herum. So abgelenkt, dass es Willow gar nicht mehr zuhört.

»Fremder Geist, ich höre dich. Wenn du mich auch hörst, sag ... Hallo. Oder Buh?«

Mel erscheint mit einer Weißweinflasche und zwei leeren Weingläsern. Sie stellt die Gläser vor Willow auf den Boden und öffnet die Flasche.

»Darf ich dich was fragen?«

Mel schenkt sich zunächst selbst Wein ein und Willow nickt.

»Wieso bist du so versessen darauf, mit diesem *Was-auch-immer* in Kontakt zu treten?«

Noch bevor Mel die Flasche beim leeren Glas ansetzen kann, schiebt Willow ihre Hand dazwischen.

»Für mich nicht.«

Mel stellt die Flasche ab, nimmt einen großen Schluck Weißwein und wartet auf eine Antwort. Willow schlingt die Arme um ihre Knie.

»Keine Ahnung. Aber ich hab mir das nicht eingebildet! Vielleicht verrenne ich mich gerade in eine willkommene Ablenkung, aber wenn hier wirklich irgendwas herumspukt, dann will ich wissen, womit ich es zu tun habe. Nur dann kann ich mich schließlich darum kümmern, es wieder loszuwerden.«

»Na gut«, verkündet Mel und ext ihr Glas Wein. »Ich versuchs nochmal.«

Sie springt auf, schüttelt Arme und Beine aus. Dann stemmt sie die Hände in die Hüfte und ruft mit lauter Stimme: »Zeig dich gefälligst!«

Eingeschüchtert formt sich das Gespenst unter der Couch zu einer Kugel zusammen und wird so blass, dass seine Umrisse nur noch zu erahnen sind.

»Komm raus, du Gruselgeist!«, fordert Mel und läuft ungeduldig im Raum auf und ab.

Nun wird der Geist aber langsam ärgerlich. Was will diese Gewitterziege eigentlich von ihm? Wieso will sie ihn rausschmeißen, sie hat in diesem Haus doch überhaupt nichts zu sagen. Widerwillig ergreift er die Flucht und kriecht in den Fußboden.

Währenddessen fragt sich Willow, ob sich ihre Freundin gerade ernsthaft bemüht oder sich nicht vielleicht doch über sie lustig macht.

»Wir wissen, dass du hier bist. Zeig dich oder schweige für immer.« Nach einem bedeutungsschwangeren Moment der Ruhe klatscht Mel in die Hände. »Ich denke, wir können das als Erfolg verbuchen. Dein Haus scheint von allen guten und bösen Geistern verlassen.«

Willow schnaubt.

»Dieser Finanzberater-Humor bekommt dir nicht.«

»Berufsrisiko.« Mel grinst und hockt sich vor Willow. »Apropos. Ich würde dann mal losmachen, muss morgen früh raus wegen dieser Bilanzen, von denen ich dir neulich erzählt habe.«

»Danke fürs Kommen«, antwortet Willow und setzt ein müdes Lächeln auf.

»Für dich doch immer.« Mel drückt ihrer Freundin einen Kuss auf die Stirn. Dann geht sie in den Flur und schlüpft in ihre Teddyjacke. »Schreib mir, falls in deinem Vorgarten Aliens landen«, flötet sie zum Abschied.

»Mach, dass du wegkommst«, entgegnet Willow.

Die Haustür fällt ins Schloss, und als Mels Schritte auf der Veranda verstummt sind fällt die Stille wieder über das Haus her.

Ernüchtert legt sich Willow auf die Couch und schlüpft unter eine weiße Kuscheldecke. Das Display ihres Handys taucht ihr Gesicht in mattblaues Licht. Wie im Autopilot-Modus öffnet sie Instagram und ihre Finger streichen über den kleinen Bildschirm, bis ihr plötzlich Thomas breit entgegen grinst. Er trägt das Hemd, in dem er so verdammt gut aussieht und hat einen Arm um die Schultern seines Kollegen gelegt. Sein Haar hängt ihm leicht verschwitzt in die Stirn. In der Hand hält er ein Longdrink-Glas.

Nach kurzem Zögern tippt sie auf sein bunt umrahmtes Profilbild und versetzt ihrem Herz damit den

Todesstoß. Ein kurzes Video zeigt Thomas in einem Club. Er schwitzt. Er tanzt. Er lacht.

Die Szenerie verschwimmt. Willow schmeißt das Handy in die Kissen zu ihren Füßen und wischt sich die Tränen aus dem Gesicht. Sie weiß gerade nicht, auf wen sie mehr sauer ist – auf ihren Ehemann oder sich selbst. Zu sehen, dass er die Zeit seines Lebens hat, während sie ihm auch noch hinterherweint, schmerzt. Statt sich mit ihrer Situation ernsthaft auseinanderzusetzen, tat er das, was er schon immer am besten konnte – sich jeglicher Verantwortung entziehen.

»Klar, hau doch ab«, ruft Willow.

Das Gespenst lauscht aufmerksam im Zwischenboden unter der Couch.

»Versteck dich vor der Konfrontation. Verhalte dich wie ein Teenager, während ich hier wie ein Dummerchen sitze und auf mein Happy End warte.«

Das Gespenst nimmt all seinen Mut zusammen.

Es kommt unter der Couch hervorgeschnellt und bleibt vor Willow in der Luft hängen.

»Wieso willst du mich auf einmal so dringend loswerden?«

Willow schreit vor Schreck und ihre Arme schnellen unkontrolliert in die Luft. Nach einer kurzen Rangelei mit der Kuscheldecke wirft sie diese von sich und fällt der Länge nach von der Couch. Halb liegend, halb sitzend kauert Willow am Boden, als die Decke auf ihr landet und sie komplett verbirgt.

Das Gespenst baut sich vor dem Deckenberg auf und stemmt seine kurzen Ärmchen in die Seiten.

»Was hab ich dir denn getan?«

Der Geist schwebt einen halben Meter vom Boden entfernt mitten im Wohnzimmer. Im Schein des Feuers schimmert er weißlich-gelb.

Unter der Decke zappelt es. Vorsichtig lugt Willow darunter hervor. Sie starren einander an. Zwei in Weiß gehüllte Gestalten.

07

»Was guckst du denn so?«

Da hat Willow nun ihre Gewissheit. Weiß auf schwarz. Die helle Gestalt, der sie nun gegenübersitzt, ist tatsächlich keine Illusion; sie hat sich nicht geirrt.

»Du kannst sprechen«, krächzt Willow und wünscht sich in diesem Moment, dann doch lieber Unrecht gehabt zu haben. »Du bist ein Geist und … kannst sprechen.«

»Und du bist gar nicht so schnell von Begriff, wie ich immer dachte. Jetzt sag schon!«, faucht das schwebende Wesen. »Wie kommt ihr plötzlich auf die Idee, mich aus meinem eigenen Haus zu vertreiben?«

»Was?«

»Was?«

Sie schauen einander fragend an.

»*Dein* Haus?«, wundert sich Willow und kommt wieder einigermaßen zu sich. »Wer bist du?«

»Eins nach dem anderen.« Die winzige, weiße Gestalt fliegt aufgebracht einen kleinen Kreis. »Erstens: Ihr wisst wahrlich nichts über Geister! Zweitens: Ich bin *kein* Gruselgeist! Was fällt der ein, hier herumzutrampeln und mich so zu beleidigen? Was hast du diesem Donnermaul denn über mich erzählt?«

Das Gespenst schwebt näher an Willow heran, die noch immer unter ihrer Kuscheldecke hockt. »Habe ich dich etwa jemals gegruselt? Hä? All die Jahre war ich mehr als rücksichtsvoll und zurückhaltend, oder etwa nicht?«, fragt es verwirrt.

»All die *Jahre?*«, keucht Willow und rutscht rückwärts, bis sie die Couch im Rücken spürt. Sie klammert die Kuscheldecke unter ihrem Kinn eng zusammen.

Und auch der Geist huscht beleidigt ein wenig zurück.

»Da bemühe ich mich redlich, ein artiger Hausgeist zu sein, und das habe ich nun davon«, haucht er mit zu großen, dunklen Kreisen aufgerissenen Augen.

Willow zieht sich die Decke komplett über den Kopf.

»O mein Gott, o mein Gott, o mein Gott«, murmelt sie gedämpft. »Ich habe einen Hausgeist.« Sie lugt unter ihrer Decke hervor und verschwindet schnell wieder darunter. »Ein Gespenst. Das ist wirklich das Letzte, was ich jetzt noch ... O mein Gott.«

Der Geist steigt ein wenig nach oben und schwingt langsam in der Luft hin und her.

»Willst du damit sagen, du glaubst an Gott, aber nicht an Geister?! In welchem Jahrhundert macht das denn Sinn?«, trötet er empört.

Langsam, aber sicher geht ihm die Geduld aus. Plötzlich schnellt er hinab und nah an den weißen

Deckenberg heran.

»Jetzt sag endlich: Wieso soll ich plötzlich verschwinden? Ich wohne hier schließlich länger als du.«

Zaghaft blinzelt Willow unter der Decke hervor und erschrickt, als sie das blasse Gesicht der fliegenden Gestalt direkt vor sich sieht.

»Heißt das, du lebst hier schon die ganze Zeit?!«

»Definiere leben …«

Willow ahnt etwas Schreckliches.

»Bist du etwa hier gestorben?«

»Hier? Nein, nein«, antwortet der Geist und wirbelt hinüber zum Sessel. Willow legt vorsichtig die schützende Decke ab und schlingt sich die Arme um die Knie.

»Aber du bist immer hier?«, fragt sie. »Ständig?«

»So ziemlich, ich bin ein Hausgeist. Ich gehöre zum Inventar. Und das hier, das war ein echter Glücksfund! Weißt du, wie schwer es heutzutage ist, eine passende Immobilie zu finden? In Schlösser wollen sie alle – das ist mir zu überlaufen. Klar, im Plattenbau kommt man gewisslich immer unter. Aber das hier, ja, das ist sowieso eher mein Stil. Normalerweise wird ein Haus dieses Kalibers natürlich längst bespukt. Noch dazu in der Lage.«

Fassungslos fragt sich Willow, ob ihr außergewöhnlicher Mitbewohner jemals wieder verstummen würde.

Kaum ist ein Problem aus dem Haus, taucht ein neues auf. Sie ist mittlerweile zu erschöpft und durcheinander, um noch klare Gedanken fassen zu können.

»Die alte Dame, die hier einst gelebt hat, hat den Geist ihres Mannes beim Auszug mitgenommen, also bin ich eingezogen. War in der richtigen Nacht im richtigen Haus. Wie gesagt: Glück gehabt.«

Das Gespenst setzt einen selbstzufriedenen Blick auf. Obwohl es knifflig ist, den Ausdruck seines skizzenhaften Gesichts zu beschreiben. Die schwarzen Augenhöhlen blicken auf Willow herab, die wortlos und noch immer wie zusammengeknüllt auf dem Boden sitzt. Für ein Weilchen schauen sie einander stillschweigend an.

Willow beschließt, dass es höchste Zeit ist, ins Bett zu gehen. Wie fremdgesteuert steht sie auf, zieht die Kuscheldecke vom Boden und legt sie wie in Zeitlupe auf die Couch. Sicherlich ist sie nur überreizt. Emotional überanstrengt. Was sie jetzt braucht, ist Ruhe vor ihren Hirngespinsten. Mal so richtig ausschlafen. Der Gedanke an eine heiße Dusche bringt eine unbehagliche Vorstellung mit sich.

Langsam dreht sich Willow zum Sessel um und erblickt das kleine, weiße Gespenst.

»Bitte sag mir, dass du dich nicht im Bad herumtreibst, wenn ich dusche.«

»Keine Sorge«, sagt das Gespenst und steigt lächelnd vom Sessel hinauf in die Luft. Es fliegt zum Kamin und schwebt vor dem großen, gerahmten Kunstdruck, der über dem Sims an der Wand hängt. Es hebt ein Ärmchen zur unteren Ecke des Bildes, rückt es schief und fährt fort: »Das interessiert mich nicht.«

Willow atmet deutlich hörbar aus.

»Meistens jedenfalls«, flüstert das Gespenst, fliegt dann mitten durch das Bild in die Wand und ist verschwunden.

08

Ein knirschendes Geräusch erklingt in der Wand. Willow lauscht mit angehaltenem Atem, wie das Gespenst nach oben wandert und immer leiser wird. Als es schließlich verstummt ist, schleicht sie zum kleinen Schalter neben der Treppe und löscht mit einer zittrigen Handbewegung das Licht. Ein schwaches Glimmen der längst verkohlten Holzscheite kämpft sich durch die dichte Dunkelheit zu ihren müden Augen. Der Geruch des toten Feuers schwelt aus dem Kamin.

Die Treppenstufen stöhnen heiser unter ihren Füßen, als sie den runden Spiegel auf halber Treppe erreicht. Unsicher schiebt sie ihren Kopf ins Sichtfeld und erblickt ihr eigenes Spiegelbild.

Die Badezimmertür klickt ins Schloss und Willow geht kopfschüttelnd zum Waschbecken. Das heute Abend war die wohl seltsamste Unterhaltung ihres Lebens. Solch ein Gedanke im Kopf einer Psychologin, das soll schon was heißen.

Der Hahn quietscht und lässt kaltes Wasser über ihre Hände sprudeln. Ihre Gedanken an die unheimliche Begegnung strömen mit in den Abfluss.

Ihr Geist, also ihr Kopf, leert sich und das behagliche Gefühl einer tiefen Müdigkeit überkommt sie. Sie dreht den Wasserhahn zu und ihre Hand ertastet blindlings das Handtuch am Haken neben dem Waschbecken. Ihre Augen öffnen sich und schauen geradewegs ins weiße Antlitz des Gespensts, das ihr aus dem Spiegel entgegenstarrt.

»O mein Gott!« Ihr Aufschrei hallt in dem gefliesten Raum herum. Willow stolpert einige Schritte rückwärts, bis sie schließlich mit dem Rücken gegen die Tür knallt. Sie reibt sich den Ellenbogen und schaut erbost in den Spiegel. Sie hätte sich ja denken können, dass dieser Plagegeist nicht so einfach Ruhe geben würde. »Erschreck mich doch nicht so! Wir sind doch hier nicht im Horrorfilm!«, schimpft Willow.

Das Gespenst streckt seinen Kopf durch das Glas und lächelt verlegen. Sie stampft zum Waschbecken, das Gespenst rettet sich an die Decke. Mit verschränkten Armen schaut Willow hinterher. Das Gespenst drückt sich im Lampenschirm ganz klein zusammen.

»Lauf jetzt ja nicht weg! Ich will, dass du mit den Spiegeln und dem ganzen Erschrecken aufhörst.« Die Glühbirne flackert, als das Gespenst hineinschlüpft. »Warte, du ... Gespenstergeschöpf ... argh. Wie heißt du?«

Von dieser Frage überrascht, fliegt es wieder aus der Lampe und gleitet in die Badewanne. Mit offenem Mund schaut es an sich herab, bevor es sagt: »Das hat mich lange niemand mehr gefragt.«

»Aber ich frage jetzt«, erwidert Willow ungeduldig.

Das Gespenst in der Badewanne grinst.

»Kunibert!«, sagt es und blickt zur Menschenfrau hinauf. »Nein, warte – Sieglinde. Hm, mir fällt vor Schreck gar nichts ein. Wie heißen denn Menschen heutzutage?«

»Keine Ahnung. Josh?!«, antwortet Willow schrill.

»Whahaha. Okay, nein. Dann … König Ritter Ludwig von Schlesingen.«

»Du machst mich fertig.«

Willow reibt sich die Schläfen. Wie um alles in der Welt war sie in diese irrsinnige Realität gerutscht, in der es normal schien, sich mit einem *Gespensterding* zu unterhalten.

»Ach, weißt du was – nenn mich einfach Bert.«

»Okay, Bert … Was willst du von mir?«

»Ich? Nichts.«

»Warum lässt du mich dann nicht in Ruhe und gehst dahin, wo du hergekommen bist?«

»Du meinst nach unten?«

»Ich meine … Wo genau wohnst du denn?«

»Ich verstehe die Frage nicht …«

»Na, bist du vom Dachboden oder so?«

»Nee, da sind mir zu viele Spinnen. Einfach *hier*. Im Haus eben. Überall.« Das Gespenst erhebt sich aus der Wanne und dreht eine Runde um Willow herum. »Überall, wo du auch bist.«

Bei der Vorstellung, in permanenter Gesellschaft eines Gespensts zu sein, überkommt Willow die Übelkeit.

»Auf der Veranda sitze ich auch ganz gern«, sagt es und rutscht wieder hinab in die Badewanne. »Und auf der Schaukel gegenüber und auf dem Dach und –«

»Das darf doch alles nicht wahr sein. Kannst du nicht einfach in dein Mäuseloch zurückgehen und wir vergessen einander? Schließlich hast du es die letzten Jahre auch geschafft, dich hier heimlich herumzutreiben, ohne dass ich davon wusste. Das Haus ist groß genug – kannst du dich nicht wieder von mir fernhalten?«, bittet Willow matt und hebt ihre Hände. Rückwärts geht sie langsam zur zweiten Tür des Badezimmers, während das Gespenst nachdenklich über den Wannenrand zu ihr schaut. Ihre Hand findet die Klinke und öffnet die Tür zum Schlafzimmer. Im Türrahmen bleibt Willow stehen. »Ich brauch 'ne Pause«, ist alles, was ihr jetzt noch über die Lippen kommt.

»Einverstanden«, sagt der Geist und verabschiedet sich mit den Worten: »Mach du erst mal Pause.

Bis später.«

Dann ist er plötzlich weg. Die Badewanne leer.

Zwei Atemzüge lang schaut Willow auf genau die Stelle, wo noch vor wenigen Sekunden ein halbdurchsichtiges, unvorstellbares, wie eine Karikatur aussehendes Wesen hockte. Schnell zieht sie den Schlüssel aus dem Türschloss, knipst den Lichtschalter aus und knallt die Tür zu. Sie verschließt die Tür von der anderen Seite. Dass das Quatsch ist, weiß sie selbst.

Mit einem mulmigen Gefühl kriecht Willow ins Bett. Sie wagt es nicht, sich noch einmal im Zimmer umzusehen und zieht ihre Decke bis über den Kopf. Tief in ihrem Bett vergraben lauscht sie den leisen Geräuschen der durchs Haus wandelnden Nacht. Es dauert noch einige Stunden, bis der Schlaf sie heimsucht.

09

»Wodurch wurde die Unruhe bei Ihnen hervorgerufen?«

»Den Wetterbericht.«

Willow kritzelt das Wort auf einen Notizblock, ohne dabei den Blick von ihrer Patientin abzuwenden. Diese schaut nach unten auf ihre ineinander verschränkten Hände.

»Was *genau* hat dieses Gefühl ausgelöst?«

»Es hieß, es könnte dieses Jahr schon früh Schnee geben ...«

Ein Gluckern schwingt leise an Willows Ohr vorbei. Sie räuspert sich und fährt fort.

»Ich verstehe. Was spüren Sie, wenn Sie an den nahenden Winter und den Schnee denken?«

Die Frau lässt ihren Blick quer durch den Raum wandern, bevor sie schließlich wieder spricht.

»Ich spüre eine Art ... Knoten.«

»Wo?«

»Im Magen«, sagt sie mit belegter Stimme und knetet dabei ihre Finger. »Und meine Hände fangen an zu kribbeln.«

Kchchchch.

Wieder ertönt ein merkwürdiges Geräusch. Ein Glucksen, das in Willows unmittelbarer Nähe seinen

Ursprung zu haben scheint.

»Ich denke, es wäre gut, wenn wir dieses Gefühl heute zurückverfolgen und gemeinsam nochmals in Ihre Vergangenheit gehen. Wenn Sie einverstanden sind, würde ich gern mit Ihnen in der Zeit einsteigen, in der Sie diese Angst vor Schnee entwickelt haben.«

Pahahaha.

Dieses Mal weiß Willow: Sie hat sich nicht verhört. Es waren nicht die Rohre des alten Hauses. Unter ihrem Sessel lacht jemand. Ihre Zähne knirschen hinter einem sanften Lächeln.

»Ich weiß nicht, ob ich dafür heute bereit bin«, antwortet ihr Gegenüber mit glasigen Augen.

»Schnee ... also wirklich ...«

Willows Augen schnellen zum Fußboden und sogleich wieder zurück. Ihre Hand würgt den Kugelschreiber, als sie das Gespenst wispern hört. Sie legt ihren Notizblock auf den kleinen Tisch neben ihrem Sessel und beugt sich nach vorn.

»Lassen Sie sich einen Moment Zeit, um in sich hineinzuspüren. Ich denke, es wird sich lohnen, sich dem Thema dieses Jahr so früh anzunehmen.«

Unter dem Sessel erklingt ein dumpfes Gackern.

»Ich bin gleich wieder da«, übertönt Willow das Lachen und wendet all ihre Kraft dazu auf, möglichst entspannt den Raum zu verlassen. Behutsam schließt sie die Tür zum Arbeitszimmer hinter sich und flitzt mit entschlossenen Schritten ins Wohnzimmer.

»Hey!«, flüstert sie aufgebracht. »Zeig dich!«

Ein schallendes Lachen erklingt und das Gespenst kommt durch die Treppe hinterher gerollt. Es kugelt durch die Luft und gluckst.

»Wirst du wohl damit aufhören!« Willow eilt zur Treppe und stemmt beide Arme in die Hüfte. »Ich arbeite hier!«

Das Gespenst lässt sich die Stufen nach unten purzeln.

»Angst vor *Schnee?*«, prustet es und landet vor Willows Füßen. Entsetzt starrt sie auf das vor Lachen bebende Wölkchen hinab.

»Das. Ist. Nicht. Lustig.«

Der Geist kugelt über den Boden.

»Hör auf damit!«

Willow stellt sich der weißen Kugel in den Weg. Diese hält an, rollt sich wieder zu einer Gespensterform auseinander und flattert nach oben. Auf Willows Augenhöhe bleibt das Gespenst in der Luft hängen, sein Lachen ebbt langsam ab.

»Tut mir leid«, keucht es, »aber das ist einfach zu komisch.«.

»Hör auf, dich über meine Patientin lustig zu machen!«, schimpft Willow.

»Ich war doch ganz leise, die kann mich doch so gar nicht hören … wahrscheinlich«, kichert der Geist und winkt ab.

»Da wäre ich mir nicht so sicher. Außerdem reicht es ja schon, dass *ich* dich höre!«, protestiert Willow. »Amüsiere dich gefälligst woanders.«

»Darf ich wenigstens durch die Steckdose zuhören?

»Nein! Und jetzt verschwinde!«

Willow macht mit den Händen scheuchende Bewegungen und eilt zurück in ihr Büro. Während sie durch die Tür schlüpft, fliegt das Gespenst schwankend die Treppe hinauf und zieht ein gurgelndes Lachen hinter sich mit nach oben.

In der Sekunde, in der etwa eine halbe Stunde später die Haustür ins Schloss fällt, brüllt Willow durchs Haus.

»Gespeeenst!« Aufgebracht versucht sie sich an den Namen zu erinnern. Wie hieß es noch gleich? Bernd? Bart? »Beeeeert!«

Prompt erklingt ein rauchiges Gelächter in der Wand. Schnurstracks wütet Willow ins Wohnzimmer, wo sich ein graues Geschöpf aus dem Kamin kringelt. Voller Ruß fliegt das Gespenst heraus, vom kräftigen Lachen geschüttelt löst sich ein schwarzer Schleier von ihm. Asche rieselt herunter und bildet auf dem

Holzboden dunkle Flecken. Willow tritt einen Schritt heran und verengt ihre Augen zu Schlitzen.

»Das war das erste und letzte Mal, dass du in die Sitzung mit einem meiner Patienten geplatzt bist.«

»Das erste Mal?«

Das Gespenst lacht noch heftiger und verschwindet in der Zimmerdecke.

»Hrgh.«

Die Treppenstufen wimmern unter Willows schnellen Schritten, als sie nach oben stürmt. Diesmal würde sie ihren Gesprächspartner nicht davonkommen lassen. Der Geist würde sich ihr nicht entziehen, und wenn sie das ganze Haus auf den Kopf stellen musste.

»Zwei Jahre lang lässt du dich nicht blicken, und jetzt spukst du plötzlich zu den unmöglichsten Zeiten in meinem Leben herum?«

Das Kichern entfernt sich.

»Bleib hier und hör mir gefälligst zu, wenn ich mit dir schimpfe!«

Der Geist hängt seinen grinsenden Kopf aus dem Spiegel im Badezimmer. Als Willow ihn entdeckt, eilt sie zu ihm.

»Erstens: Ich meine das ernst – du hast bei meiner Arbeit nichts, aber auch *gar nichts* zu suchen!«

»Ohohohohoho«, prustet das Gespenst.

»Zweitens: Ängste sind nichts, wofür man sich schämen muss.«

Das Gespenst unterdrückt ein Glucksen. Willow tritt näher und legt ihre Hände rechts und links auf den Rand des Waschbeckens. Sie schaut direkt in den Spiegel, in das zu einer Grimasse verzogene Gesicht des Gespensts.

»Drittens: Sich deswegen Hilfe zu holen ist auch nichts, wofür man sich schämen muss. *Therapie* ist nichts, wofür man sich schämen muss.«

»Aber Willow – Schnee ...?!«

Das Gespenst gleitet ein Stück weiter aus dem Spiegel heraus und hebt entschuldigend die Schultern. Willow schüttelt entschieden den Kopf.

»Um welche Angst es sich dabei handelt, ist vollkommen irrelevant. Sei es Flugangst ...«

»Flugangst?«

»... Angst vor dem Tod oder eben vor Schnee.«

Das Gespenst verstummt.

»Sich seinen Ängsten zu stellen und einen Außenstehenden einzuweihen, erfordert Mut. Das erfordert Kraft. Und ich lasse nicht zu, dass du dich darüber lustig machst!«

Mit diesen Worten hebt Willow ihr Kinn, dreht sich um und geht aus dem Bad.

Sie lässt ein halb im Spiegel hängendes Wesen zurück, in dessen halbtransparentem Kopf sich dunkle Gedanken überschlagen.

10

Nach einer glücklicherweise ungestörten Nacht steigt Willow am nächsten Morgen die Treppe hinab. Vor dem untersten Bilderrahmen bleibt sie stehen. Er hängt schief. Sie rückt das Bild wieder gerade. Als sie in die Küche biegen will, saust ihr das Gespenst entgegen. Es kurvt um sie herum und wirbelt ins Treppenhaus. Willow weicht zurück, der weiße Schleier verschwindet wortlos vor ihren Augen in der Wand und prompt hängt das unterste Bild wieder schief. Sofort schiebt Willow den Rahmen wieder in die Waagerechte und ruft:

»Lass das gefälligst, das ist mein Haus.«

Prompt schaut das Gespenst direkt aus dem Bilderrahmen und flüstert: »Es war schon *mein* Haus, da warst du noch gar nicht geboren.« Mit diesen Worten verlässt es den Bilderrahmen und fliegt dicht an Willow vorbei, ihre Haare wehen. Sie streicht sich ein paar Strähnen aus dem Gesicht, tritt schnaubend vor die Fotowand und richtet das Bild ein zweites Mal. »Mach du nur«, flötet das Gespenst aus dem Flur »Ich hab hier sowieso ein viel spannenderes Bild, das ich schon längst ungerade rücken wollte.«

Mit einer bösen Vorahnung lehnt Willow sich über das Treppengeländer und schaut um die Ecke, dem Geist hinterher.

»Wage es ja nicht …« Schon eilt sie den Flur entlang in ihr Arbeitszimmer. Als sie das Zimmer betritt, braucht sie einen Moment, um den Geist im blendenden Sonnenlicht zu entdecken. Blass und nahezu durchsichtig flattert er über ihrem Schreibtisch und vor dem schweren Rahmen mit dem Diplom in Psychotherapie. »Unterstehe dich!«, droht Willow mit erhobenem Zeigefinger. Ihr Blick umklammert die weiße Gestalt.

Die dunklen Augenhöhlen des Geists starren zurück. Er zuckt mit dem Mund. Willow verengt ihre brennenden Augen.

»Fein«, brummt er und fliegt durch das Fenster davon.

Nach Feierabend steht Willow etwas verloren in der Küche. Normalerweise war es Thomas, der sich ums Abendessen kümmerte, während sie noch ihren Papierkram erledigte. Doch der Herd ist kalt und der Kühlschrank leer. Für den Bruchteil einer Sekunde hatte sie tatsächlich vergessen, dass er nicht mehr hier ist.

Seufzend zieht sie ein Haargummi vom Handgelenk und bindet sich die Haare zu einem Dutt zusammen.

Der Wasserkocher rauscht. Als sie nichtsahnend eine Tasse aus dem Schrank holt, entdeckt sie darin das Gespenst. Vor Schreck rutscht ihr das Gefäß aus der Hand, doch ihre Finger kriegen den Henkel gerade noch rechtzeitig zu fassen. Jetzt reichts!

»Das ist meine Lieblingstasse!«, ruft Willow hinein.

»Ich weiß«, entgegnet das Gespenst lächelnd und windet sich aus dem Gefäß an ihrem wütenden Gesicht vorbei.

»Lass das!«

»Was?«

»Diesen Kinderkram. Ich hab dir das schon mal gesagt – kein Erschrecken mehr! Und kein kaputtmachen! Ich habs satt. Und leg dich bloß nicht mit mir an, ich hetz dir die *Ghostbusters* auf den Leib. Ich finde schon irgendwen, der dich hier rauswirft.«

Sie hatte nun wirklich genug andere Probleme, als sich nun auch noch mit einem aufmüpfigen Gespensterwesen herumzuschlagen.

Das Gespenst kichert und lässt sich auf der Fensterbank nieder. Es tippt an das Blatt einer müde aussehenden Basilikumpflanze. Willows Fingernägel stechen schmerzhaft in ihre Handinnenflächen.

»Lustig, du wirst ja ganz rot«, freut sich der Geist.

»Ich koche vor Wut.«

»Was denn?«

Der Wasserkocher blubbert. Willows Handy piept.

»Wasser«, knurrt Willow und holt das Telefon aus der Hosentasche. Sie liest, seufzt und lehnt sich dann mit der Stirn an den Kühlschrank. »Perfekt«, murmelt sie. »Einfach. Nur. Perfekt.«

»Was ist denn?«, fragt das Gespenst fröhlich.

Missmutig schaut Willow zu ihm herüber.

»Ihr macht mich alle fertig«, stöhnt sie und wirft einen Teebeutel in ihre Tasse. Ertränkt ihn mit dampfendem Wasser und geht hinüber zum Küchentisch. Ihr Blick schweift über den Haufen Post, der sich darauf stapelt. »*Dein* Haus, ja?«

»Mein Haus, ganz richtig«, trötet das Gespenst.

»Genau genommen gehört es der Bank«, sagt Willow und schiebt mit der Hand ein Blatt Papier hin und her. Erschrocken steigt das Gespenst in die Luft.

»Der Bank? Was soll das heißen, der Bank?« Aufgeregt schwirrt es über dem Tisch hin und her. Betrachtet die vielen Briefe darauf, mit denen es rein gar nichts anfangen kann. »Wer ist überhaupt *der Bank* und warum will er das Haus? *Wir* wohnen doch hier …«

Es bleibt vor Willow in der Luft stehen und schaut sie fragend an.

»Tja«, tönt Willow triumphierend und lässt sich betont lässig auf einem der Küchenstühle nieder. »Du solltest dich mit mir gut stellen, wenn du unser kleines

Wohnarrangement behalten willst. Ich bin schließlich diejenige, die das Dach über deinem Kopf bezahlt. Und wer weiß ...«, fügt sie nach einem Schluck aus ihrer Tasse hinzu. »Vielleicht würde ein neuer Besitzer so ein altes Spukhaus gar nicht mal so toll finden. Und einen Geist schon gar nicht. Vielleicht würde er das Haus sogar abreißen.«

Das Gespenst kneift die Augen zusammen. Es lehnt sich zurück und betrachtet Willow mit einer Mischung aus Skepsis und Anerkennung.

»Ei der Daus! Solche Drohungen kommen doch sonst nur von deiner Flitzpiepe von Ehemann. Ich dachte, dem gehört das Haus?«

»Nein, tut es nicht«, protestiert Willow. Die Tasse landet etwas zu schwunghaft auf dem Tisch. Ein paar Tropfen Tee rinnen herab auf einen der Briefe und das Papier beginnt sich zu wellen. »Wir zahlen das Haus *gemeinsam* ab, zu gleichen Teilen. Und solange du unerwünschterweise auch unter meinem Dach wohnst, möchte ich, dass du mir mehr Respekt entgegenbringst.«

Und da sage noch mal jemand, ich hätte kein Mutter-Potenzial, denkt Willow nicht ganz ohne Stolz.

Es vergehen einige stillschweigende Minuten, in denen das Gespenst auf den Haufen Unterlagen zwischen ihnen starrt. Willow nimmt einen Schluck Tee und schiebt den seltsam bitteren Geschmack auf ihrer Zunge hin und her. Sie betrachtet ihren ungewöhnlichen Mitbewohner, wie er mit angestrengtem Blick die Post studiert. Ein seltsam zartes, störrisches Wesen, das sich offenbar nicht so leicht loswerden lässt. Auch muss sie zugeben, dass sich die im Haus ausbreitende Leere in seiner Gegenwart weniger gewaltig anfühlt.

»Dein Tick mit den Bildern regt mich übrigens richtig auf.« Willow steht auf, schüttet den Tee in die Spüle und quetscht die leere Tasse in die letzte freie Lücke im Geschirrspüler. »Seitdem du dich mir offenbart hast, flippst du ja regelrecht aus, was Inneneinrichtung angeht.«

»Ich hab mich dir überhaupt nicht offenbart«, widerspricht das Gespenst. »Glaub mir, das würdest du gar nicht durchstehen.«

»Willst du mir sagen, ich hab dich die ganze Zeit einfach immer übersehen?«

Ungläubig stützt Willow eine Hand in die Hüfte.

»Nein, das nicht. Ich entscheide selbst, wer mich wann und wie zu Gesicht bekommt.«

»Faszinierend«, sagt Willow.

Sie geht zurück zum Tisch und schiebt all die trocken gebliebenen Briefe zu einem Stapel zusammen. Währenddessen schwebt der Geist langsam hin und her. Verunsichert streicht er über sein weißes Gewand.

»Das mit dem Laken habe ich mir extra für dich ausgesucht. Laut meiner Erfahrung macht das den Menschen am wenigsten Angst.«

»Vielen Dank«, sagt Willow tonlos und nimmt den Papierstapel. Sie wendet sich zum Gehen, aber der Geist schwebt ihr in den Weg.

»Gefällt es dir nicht?«

Willow rollt mit den Augen und geht um das Gespenst herum aus dem Raum. Der Geist fliegt hinterher in den Flur und ruft: »Tut mir leid, das mit dem Erschrecken, aber ich hab das so lange nicht mehr in meinem eigenen Haus gemacht, dass ich ganz vergessen hatte, wie viel Spaß mir das macht.«

»Das klingt nicht so richtig nach einer Entschuldigung, das solltest du noch mal üben«, ruft Willow aus ihrem Arbeitszimmer.

Das Gespenst betrachtet die Wand voller gerahmter Schwarz-Weiß-Fotos neben der Treppe. Dann fliegt es den Flur entlang.

»Bist du noch sauer wegen gestern?«

Willow schiebt einen Ordner in das Regal neben ihrem Schreibtisch und schaut zur Tür.

»Ja. Ein bisschen.«

Das Gespenst nickt und blickt sich um.

»Ich hab nie richtig verstanden, wieso Leute hier zum Sitzen herkommen.« Es schwebt über einem der beiden Sessel. »So bequem sieht der gar nicht aus.«

»Sie kommen weniger zum Sitzen als vielmehr zum Reden zu mir«, sagt Willow und beobachtet das Gespenst. »Ich helfe ihnen dabei, ihre eigenen Gedanken zu sortieren.«

»Und wonach sortierst du die Gedanken?«

Eine scharfsinnige Frage, findet Willow.

»Das kommt ganz drauf an«, antwortet sie. »Zuerst spreche ich mit ihnen über ihre Gefühle. Oft muss man erst lernen, sie richtig zu benennen. Manche Menschen kommen zu mir, weil sie zum Beispiel Dinge tun, die sie gar nicht tun wollen. Und ich versuche dann herauszufinden, warum das so ist.«

Der Geist verzieht das Gesicht. Eine typische Abwehrreaktion, wie sie Willow schon oft erlebt hat.

»Jeder Men … – jeder hat so seine Probleme und ich helfe meinen Patientinnen und Patienten dabei, mit ihnen besser umzugehen. Trotz dieser Probleme ein besseres Leben zu führen. Sich zum Beispiel von Ängsten nicht einschränken zu lassen.«

Der Geist betrachtet Willow dabei, wie sie im Raum umhergeht und erzählt. Als hätte er sie irgendwie … aufgeweckt. So gefällt sie ihm deutlich besser als in Form des übellaunigen Klumpen Mensch, der sie die letzten Tage lang gewesen ist.

»Ich halte mich forthin von deiner Arbeit fern«, unterbricht er ihren Monolog.

Misstrauisch hebt Willow ihre linke Augenbraue.

»Versprochen?«

»Versprochen!«

11

Es sind vor allem die frühen Abendstunden, in denen Willow von der Einsamkeit überwältigt wird. Heimlich kommt sie gemeinsam mit der Dunkelheit zu ihr ins Haus gekrochen. Schlängelt sich durch sämtliche Räume und legt sich schwer auf Willows Gedanken. So auch an diesem Abend.

Die Kälte der Fliesen windet sich unter ihren Füßen. Ein eisiger Schauer breitet sich in ihrem gesamten Körper aus. Das Haus ist wie ausgestorben, auch vom Geist bislang keine Spur. Zähneputzend sitzt Willow auf der Toilette und starrt auf den kahlen Baum vor dem Fenster. Tief in Gedanken versunken.

Sie waren keines dieser Wir-Pärchen. Hatten beide immer Wert darauf gelegt, ihre Individualität zu wahren, ihre separaten Freundschaften, ihre Hobbys und so weiter. Und doch hatte Willow zuletzt immer mehr in der Rolle der Ehefrau Heimat gefunden. Teil einer exklusiven Gemeinschaft. Einen Schritt weiter als viele andere in ihrem Freundeskreis. Angekommen. Sicher. Psychotherapeutin und Ehefrau. Aber da gibt es noch diese Sehnsucht nach einer dritten Rolle. Psychotherapeutin, Ehefrau und *Mutter*.

Seit Thomas' überstürztem Auszug hat Willow Mühe, sich selbst wahrzunehmen. Sich wiederzufinden zwischen all dem, was gerade nicht mehr und noch nicht ist. Und dieses bedrückende Gefühl, das die Ungewissheit allabendlich in ihr auslöst, ärgert sie.

Das erste Kind wollte sie mit Anfang dreißig bekommen. Ein weiteres idealerweise zwei, spätestens drei Jahre danach. Und wer weiß, vielleicht hätte sogar ein drittes das Haus mit Leben gefüllt und es aus allen Nähten platzen lassen. Ein liebevolles Chaos, wie sie es aus ihrem Elternhaus kennt.

Wie ist sie nur in solch ein Schlamassel geraten, wie das Gespenst wohl sagen würde? Wann ist alles nur so gänzlich schiefgelaufen?

Ein munteres Pfeifen reißt sie aus ihren Gedanken, und eine Sekunde später platzt das Gespenst plötzlich zu ihr ins Bad. Willows Aufschrei und der überraschte Hausgeist wirbeln erschrocken durch die Luft.

»Raus!«, ruft sie. »Verschwinde!«

Irritiert braucht der Geist einen Moment, um zu verstehen, dass er hier offenbar gerade unerwünscht ist. Mit einer Rolle rückwärts verschwindet er durch die Wand in den Flur, wo er anschließend orientierungslos umherhuscht.

»Das Bad ist ein privater Ort«, schimpft Willow durch die Tür. »Und überhaupt – kannst du mich nicht mal in Ruhe lassen?!«

»Tut mir leid«, antwortet der Geist dumpf.

»Klopf bitte das nächste Mal an!«, ruft Willow über das Rauschen der Toilettenspülung.

Der Geist schaut auf seine Arme herab und legt den Kopf schief. Dann steckt er zaghaft seinen Kopf durch die Tür.

»Wie soll ich denn bitte klopfen? Ich bestehe praktisch aus Nebel.«

»Du kannst Gegenstände runterschmeißen, aber nicht klopfen?«

»Keine Ahnung, ich probier doch auch nur Dinge aus und gucke, was passiert.«

»Dann probier doch jetzt bitte klopfen!«, raunt Willow und steckt sich ihre Zahnbürste wieder in den Mund. Das Gespenst verschwindet.

Auf der anderen Seite schaut es fragend an sich selbst herab. Schwungvoll greift es geradewegs durch die Tür ins Badezimmer. Kopfschüttelnd zieht es den Arm zurück. Klar, für einen Menschen ist das alles ein Kinderspiel. Es plustert sich auf. Du schaffst das, denkt es wieder und wieder. Sowas von! Hoch konzentriert schiebt es jegliche Energie in seinen durchsichtigen kleinen Arm und schlägt gegen die Tür.

Es klopft.

Ohne eine Antwort abzuwarten, saust das kleine, weiße Wesen prompt wieder ins Bad.

»Hast du das gehört?«, fragt es freudestrahlend.

»Ja. Üsch bün beeindruckt«, antwortet Willow und spuckt die Zahnpasta ins Waschbecken.

»Verstehst du denn nicht …?« Das Gespenst verzieht beleidigt den Mund. Willow stellt ihre Zahnbürste in die Ladestation und geht zur Tür, die ins Schlafzimmer führt.

»Ich verstehe, dass dir offenbar länger niemand mehr Grenzen aufgezeigt hat.«

»Dass ich gerade etwas Neues gelernt habe, meine ich doch!«, entgegnet der Geist und klopft sich lautlos an den eigenen Kopf. Dann schwebt er hinüber zum Waschbecken und klopft dagegen. Er fliegt zur Fensterscheibe und pocht gegen das Glas. Er kichert.

»Okay, okay. Ich freue mich für dich, dass du etwas Neues über dich und deine Selbstwirksamkeit erfahren hast. Ich möchte dich nur wirklich darum bitten, meine Privatsphäre zu respektieren.« Sie tritt an ihn heran, er dreht sich um, schwebt hinab auf ihre Augenhöhe und hält den Kopf schief. Willow seufzt. »Das bedeutet, wenn ich hier oben beschäftigt bin, möchte ich in Ruhe gelassen werden.«

Willow öffnet die Tür und ihr Blick fällt auf das leere Bett in der Dunkelheit.

Das Gespenst schaut ihr über die Schulter und fragt vorsichtig: »Darf ich heute bei dir schlafen, wenn ich vorher ans Bett klopfe?«

»*Im* Bett?« Sofort klettert Willows Verstand auf die Barrikaden. Die Vorstellung, mit einem Gespenst das Bett zu teilen, war so absurd wie nur irgendwas. Gleichzeitig verspürt sie schlagartig ein Gefühl der Erleichterung. Muss sie doch zugeben, dass sie sich in Gesellschaft des Geists weniger allein fühlt. Willow reibt sich die Stirn. »Fein«, sagt sie, schaltet das Licht aus und geht ins Schlafzimmer.

»Juhu!«, jubelt der Geist und wirbelt ihr hinterher. Summend saust er durch den Schirm der Nachttischlampe und erweckt die Glühbirne darin zum Leben. Willow bindet sich derweil die langen Haare im Nacken zu einem Zopf zusammen. Sie schlägt die schwere Bettdecke zurück und lehnt ihr Kissen gegen die Wand. Dann nimmt sie einen Roman vom Nachttisch und macht es sich bequem. Das Gespenst fliegt aufgeregt umher und klopft gegen den Schrank, den Nachttisch und schließlich das Bett. »Darf ich reinkommen?«

»Ja.«

Langsam lässt es sich auf der leeren Bettseite nieder. Willow klappt ihr Buch auf und blättert durch die Seiten.

»Nur damit du's weißt, das wird hier jetzt kein Dauerzustand.«

Noch bevor sie diesen Satz zu Ende gesprochen hat, beginnt das Gespenst neben ihr zu schnarchen.

12

Jetzt.

Jeeetzt.

Mit einem Teller in der Hand steht Willow vor dem viereckigen, glänzenden Kasten in Lauerstellung.

Jetzt.

Ein schwarzer Rauchfaden steigt vom Toaster auf.

Jetzt?

Der Toaster beendet mit einem Knacken seinen Dienst und schießt eine Tiefkühlwaffel in die Höhe. Geübt fängt Willow ihr drittes Frühstück mit dem Teller auf.

Sie setzt sich an den mit Krümeln übersäten Küchentisch und schiebt die Ärmel ihres Bademantels zurück. Seufzend pult sie den verkohlten Rand von der dampfenden Waffel und schaut dabei in ein Magazin, das vor ihr liegt. Ihr Blick stolpert wieder und wieder über den gleichen Satz, dessen Wörter sich mittlerweile kaum mehr von der Seite abheben.

Allmählich ist es zu dunkel zum Lesen. Dabei ist Willow doch eigentlich gerade erst aufgestanden.

Bei der ersten Waffel erlaubte sie sich, Thomas zu vermissen und ließ ihren Kaffee kalt werden, weil dieser nicht so schmeckte, wie er ihn immer gemacht hatte.

Bei einer zweiten Waffel hatte sie gedankenverloren den grauen Tag angestarrt, der an ihrem Fenster vorbeizog. Immer schneller schienen sich die Tage zusammenzuziehen, während die Nächte sich ausdehnten. Der Abend hatte Willow wieder eingeholt.

»Bert?«

Ein Stück Waffel kauend, lauscht sie angestrengt, doch im Haus regt sich nichts.

»Bist du da und kannst mir das Licht anmachen?«

Es ist nichts zu hören außer dem Magenknurren des Kühlschranks. Plötzlich hat Willow das Gefühl, in ihrem Haus zu schrumpfen. Wie ein Schatten ihrer selbst hockt sie hier in ihrer kalten Küche und weiß nichts mit sich anzufangen. In diesem Augenblick kommt sie sich selbst vor wie der Geist ihres eigenen Hauses.

Es klingelt an der Tür.

Willow erwartet weder Besuch, noch fühlt sie sich trotz aller Einsamkeit zu einer Begegnung mit einem anderen Menschen in der Lage. Sie harrt auf dem Küchenstuhl aus, während es ein zweites Mal klingelt. Und ein drittes Mal. Beim vierten Klingeln steht sie stöhnend auf und schlappt augenrollend zur Haustür.

Auf der Veranda stehen eine Spinne, ein Zauberer und die erbärmliche Parodie eines Gespensts.

»Süßes oder Saures!«, quaken drei Kinderstimmen.

Aber natürlich: Halloween!

»Äh, achso …«, stammelt sie überrumpelt. Hilfe-suchend sieht sie sich im Hausflur um. Die drei kleinen Gestalten strecken ihr die Hände entgegen, in denen je ein orangefarbener Plastikeimer baumelt. »Wartet einen Moment!«, sagt Willow und verschwindet.

Die Kinder spähen unsicher durch die offene Tür ins dunkle Haus.

»Richtig gruselig«, lispelt der Zauberer.

Spinne und Gespenst rücken näher zu ihm heran. Da erklingen wieder dumpfe Schritte und Willow kehrt an die Tür zurück.

»Hier«, sagt sie und hält den laufenden Metern eine halbe Tafel Schokolade entgegen. Zartbitter.

»Die ist ja schon offen«, beschwert sich die Spinne.

»Igitt, angesabbert«, nörgelt der kleine Zauberer und rückt seinen langen Spitzhut gerade.

»Eww.«

»Tut mir leid, ich hab gerade nichts anderes da«, ent-schuldigt sich Willow.

»Gehen wir«, sagt die Spinne und springt von der Veranda. Der kleine Zauberer wirft seinen Umhang theatralisch über die Schulter und hopst hinterher. Das kleine Gespenst zögert einen Moment, schnappt sich dann die halbe Schokoladentafel aus ihrer Hand und flitzt davon.

Willow tritt hinaus und schaut den dreien hinterher, wie sie den Gehweg entlang zum nächsten Haus hüpfen. In den Fenstern nebenan tanzen bunte Lichter. Die kühle, feuchte Herbstluft strömt in ihre Lunge und erfüllt sie mit noch mehr Einsamkeit.

In den Vorgärten ihrer Nachbarn leuchten lachende Kürbisse. Träge Wolken schieben sich über den Himmel. Es donnert. Die ersten Tropfen landen auf dem Gehweg und hinterlassen kleine, dunkle Kreise. Am liebsten würde sie sich in den Regen stellen und einfach davongewaschen werden.

Eine Böe scheucht Willow wieder ins Haus. Sie verschließt die Tür, holt sich Waffel und Zeitschrift aus der Küche und verschwindet oben im Schlafzimmer.

Im Bett verfolgen ihre Augen die Regentropfen, die an der Fensterscheibe hinabrinnen. Sie schiebt sich den letzten Rest ihrer Tiefkühlwaffel in den Mund, als ihr Handy auf dem Nachttisch aufleuchtet:

Ich vermisse dich.

Ach, jetzt will er plötzlich wieder reden. Hauptsache, er hat das letzte und erste Wort. Willow hat seine Spielchen so satt, und doch muss sie zugeben, dass es sich gut anfühlt, diese Worte zu lesen. Schließlich fehlt er ihr auch.

Sie wiegt ihr Handy einen Moment lang in den Händen und öffnet einen anderen Chat.

Wieso vermisse ich ihn so?

Prompt erscheint eine Antwort auf dem Bildschirm.

Du brauchst Ablenkung! Ich bin auf meiner Firmenparty, du kannst dich easy reinschmuggeln, ich schick dir die Adresse.

Beim Gedanken an zahlreiche, noch dazu verkleidete Vermögensberater wird Willow sofort schlecht. Eine Welle der Traurigkeit spült sie unter ihre Bettdecke. Letztes Jahr um diese Zeit waren sie in großer Gruppe unterwegs. Thomas Gomez und Willow Morticia Addams. Sie schreibt zurück:

Danke, aber genau das brauche ich gerade nicht.

Sofort antwortet Mel:

Du bist der Profi.

Sonntag dafür Brunch und Bier?

Ein Donner grollt über dem Haus. Willows Finger gleiten über den Bildschirm.

Wir telefonieren.

13

Zwei schwere Papiertüten landen auf dem Küchentisch, ein dunkelgrüner Mantel auf dem Stuhl daneben. Willow kickt ihre Schuhe unter den Tisch und räumt die erste Tüte aus. Schokoladentafeln, Kartoffelchips und einige Packungen Instant Ramen stapeln sich aufeinander. Als sie vier Tüten Chips zum Küchenschrank balanciert, erscheint plötzlich der Geist hinter ihr.

»Was machst du da?«

Willow zuckt zusammen und lässt zwei Packungen fallen.

»Man, hast du mich schon wieder erschreckt!« Mürrisch hebt sie die Tüten vom Boden und verstaut alles im Snackfach. »Es gibt dich also doch noch ...«, sagt sie und wirft dem Geist einen Seitenblick zu. Sie beobachtet ihn dabei, wie er in die leere Einkaufstüte kriecht. Sie muss zugeben, dass es sie schon interessiert, wo er sich die letzte Woche über herumgetrieben hat. Willow kehrt zurück zum Tisch und holt eine Flasche Rotwein aus der anderen Tüte. »Du hättest mir ruhig sagen können, dass du dich für ein paar Tage aus dem Staub machst. Ich hab mich schon gefragt, ob du dich hier überhaupt nicht mehr blicken lässt.«

»Ich war beschäftigt«, murmelt das Gespenst.

»Mit was denn?«

»Beschäftigt eben.«

Willow legt einen Alibiapfel in einen Korb neben der Spüle. In der Tüte raschelt es. Der Geist kommt wieder hervor und zuckt mit den Schultern.

»War mir nicht klar, dass ich dir das Prinzip von ghosten erklären muss.«

Willow lacht kurz auf und klemmt sich die Haare hinters Ohr.

»Immerhin wurde es nach mir benannt. Sozusagen«, erklärt er weiter. »Das machen wir Geister nun mal so. Wir sind mysteriöse Geschöpfe, schon vergessen?«

»Wenn du das sagst ...«

»Hast du mich etwa vermisst?«, säuselt der Geist. »Komm schon, du kannst es ruhig zugeben.«

Willow rollt mit den Augen, holt Tiefkühlwaffeln und Popcornmais aus der letzten Tüte und dreht seinem Grinsen den Rücken zu. Der Geist betrachtet das Sammelsurium an Lebensmitteln auf dem Küchentisch.

»Und was machst du nun da?«, fragt er erneut.

»Wonach sieht's denn aus?«, erwidert Willow. »Ich räume meine Einkäufe weg.«

»Hab dich das ewig nicht machen sehen.«

Willow hängt halb im Kühlschrank und antwortet: »Das liegt wohl daran, dass mein lieber Ehemann sich immer darum gekümmert hat, unsere Lebensmittel liefern zu lassen. Ihm ist es auch zu verdanken, dass ich nun selbst alles nach Hause schleppen darf. Aber wenn er denkt, er kann mich damit ärgern, hat er sich getäuscht.«

Willow schmeißt die Kühlschranktür zu. Hastig faltet sie die Tüten zusammen. Sie öffnet den Schrank unter der Spüle und versucht, das Altpapier in den übervollen Mülleimer zu quetschen. Mit einer schnellen Bewegung schließt sie die Tür, bevor ihr alles wieder entgegen fällt.

»Offensichtlich hast du ja alles im Griff«, sagt das Gespenst und lässt sich auf zwei prallvollen Müllbeuteln nieder, die neben der Tür liegen. »Und ich nehme an, dieser Müll riecht ganz fantastisch. Er sieht aus, als würde der sich auch bald von allein wegbringen.«

»Mach du's doch, wenn du dich so daran störst«, murmelt sie.

»Du überschätzt meine Fähigkeiten«

Das Gespenst fliegt aus der Küche.

Willow schaut auf die Müllbeutel und entdeckt den haarfeinen Riss im Boden. Sie fährt mit ihren Wollsocken über die kaputte Fliese.

»Ist dir nicht klar, wie *wichtig* das für mich ist? Wie stressig das nächste halbe Jahr werden wird?«

Thomas war sich durch die Haare gefahren und abrupt vom Küchentisch aufgestanden. Willow hatte ihre Teetasse geleert und die Augen verengt.

»Und ist dir nicht klar, was wichtig für *mich* ist? Dass wir das Thema Familie nicht ewig und alle Tage aufschieben können, nur weil bei dir irgendein Projekt wieder oberste Priorität hat«, hatte sie gesagt und mit ihren Fingern Anführungszeichen in die Luft gemalt.

»Du sagtest, du würdest dich um die Sache kümmern. Ich habe dafür jetzt keinen Kopf«, hatte Thomas geknurrt und sich mit gesenktem Kopf auf den Küchentisch gestützt.

»Nein … Was ich sagte, war, dass wir uns gemeinsam um das Thema kümmern müssen. Klar hängt anfangs das Meiste an mir –«

»Wieso wirfst du mir dann die ganze Zeit vor, dass ich nicht genug beisteuern würde?«, hatte er sie sofort angefahren und die Schultern fragend nach oben gezogen.

»Weil ein Kind zu bekommen nun mal nicht allein meine Verantwortung ist!«, hatte Willow daraufhin gerufen. Sie war aufgestanden, hatte ihre Tasse vom Tisch genommen und sie in die Spüle gestellt. Dann hatte sie sich wieder zu ihrem Ehemann gedreht, der mit verschränkten Armen am Kühlschrank gelehnt hatte. »Wie stellst du dir das denn vor? Das ich allein zu Ärzten tingle, während du am Schreibtisch die Füße hochlegst?«

Drohend hatte Thomas einen Zeigefinger gehoben, doch bevor er etwas hätte erwidern können, hatte seine Frau weitergewettert: »Und später? Hm? Bleibt die Kindererziehung dann auch an mir hängen? Gibt es dann auch immer was Wichtigeres?«

Thomas hatte aufgelacht und damit Willows Wut von Neuem entzündet. Er hatte schon geahnt, dass sie seine Arbeit, seinen Ehrgeiz, den sie angeblich so an ihm geliebt hatte, wieder gegen ihn verwenden würde. Immer so, wie es ihr gerade in den Kram passte. Kopfschüttelnd hatte er den Mund zu einem kapitulierenden Lächeln verzogen. Egal, was er jetzt gesagt hätte, er hätte nur verloren. Sie hatte derweil ihren Teller vom Tisch gezogen, war direkt vor ihm stehen geblieben und hatte ihn böse angefunkelt.

»Du bist schon wieder in so einer Stimmung«, hatte er daraufhin mit sanfter Stimme gesagt. »Vielleicht solltest du –«

Prompt war er von einem lauten Klirren unterbrochen worden, als Willows Frühstücksteller auf den Fliesenboden gelandet und in Hunderte weißer Zacken zerschellt war. Mit einem schnellen Griff hatte Thomas als Antwort die Tasse aus der Spüle geholt und sie Willow vor die Füße geworfen. Die Fliese war gerissen, die Scherben der Tasse waren in alle Richtungen davongeschlittert.

Auch das Haus hatte diese Auseinandersetzung offensichtlich nicht vergessen. Aufgewühlt betrachtet Willow den Riss im Boden. Die Worte der Vergangenheit scheinen daraus zu ihr in die Gegenwart zu sickern. Sich über dem Boden auszubreiten und an ihren Beinen hinaufzukriechen. Bevor die Erinnerungen an diesen Streit die Überhand gewinnen können, ergreift Willow die Flucht.

Mit beiden Müllbeuteln im Schlepptau verlässt sie das Haus. Die Säcke schleifen träge über die Stufen der Veranda und über den feuchten Weg durch den Vorgarten bis zur Mülltonne an der Straße.

Wie oft haben wir uns schon im Kreis gedreht? Das fragt sie sich, als sie den ersten Sack in die Tonne hievt. Und wieso hat sich dieses Im-Kreis-Drehen so lange angefühlt wie tanzen?

14

Heiser knistert das Feuer und taucht das Wohnzimmer in goldenes Licht. Willows Schatten kuschelt sich in den weichen Teppich vor dem Kamin. Die Reflexionen der Flammen tanzen in ihren tiefblauen Augen. Ohne den Blick vom Feuer zu wenden, tastet sie nach der Schale voller Maiskörner, die neben ihr auf dem Boden steht. Sie pickt eines davon heraus und wirft es in die Luft.

Das Gespenst eilt herbei und fängt es mit dem Körper auf. Das kleine, goldgelbe Korn schwebt in seinem Inneren, als der Geist zum Kamin gleitet und sich schließlich inmitten der zuckenden Flammen niederlässt.

Während ihr Handy unter den Couchkissen vergraben leise klingelt, schaut Willow ins milchige Feuer und leert ihr Rotweinglas. Hinter den schweren Vorhängen zerrt ein wütender Wind an den Fenstern.

»Hast du noch was?«, fragt das Gespenst.

»Ich hab noch was«, antwortet Willow und beobachtet, wie das trübe Maiskorn zu zittern beginnt. Schließlich poppt es auseinander und das Gespenst hält sich kichernd den Bauch. Es löst sich aus den Flammen und fliegt zu Willow, die ihm den Arm entgegenstreckt.

Das Gespenst lässt das frische Popcorn in ihre Hand fallen. Willow steckt es sich in den Mund und fragt: »Geisterstunde – Realität oder Fiktion?«

»Oh, das ist schwierig. Halb so würde ich sagen.«

»Was heißt denn *halb so?*«

»Jede Seele entscheidet selbst, wann sie aufsteht.«

Willow deutet mit einer Handbewegung auf das Gespenst und nickt.

»Ist mir schon aufgefallen.«

Ihre Finger zupfen das nächste Maiskörnchen aus der Schüssel und werfen es in die Luft.

»Alle Geister, die ich so kenne, sind ähnliche Frühaufsteher wie ich. Am frühen Abend wache ich in der Regel auf und gegen Mitternacht, tja, weiß ich auch nicht – fühle ich mich richtig, ich will nicht sagen lebendig, aber irgendwie kräftig. Weniger durchsichtig. Ich muss die anderen mal fragen, ob es ihnen auch so geht. Also ja – vielleicht ist da was dran. Aber aufbleiben können wir so laaaange, wie wir wollen.«

Das nächste warme Popcorn landet in Willows ausgestreckter Hand.

»Und hast du außer frisches Popcorn zu machen noch irgendwelche Hobbys?«

»Ich bin gern auf dem Rummel.«

»Interessant«, sagt Willow. »Warum?«

»Zuckerwatte und Luftballons. Zuckerwatte, weil ich immer das Gefühl hab, ich könnte mich an den Duft erinnern, wenn ich sie sehe. Und Luftballons knallen so schön im Himmel.« Willows linke Augenbraue kriecht Richtung Haaransatz. »Ich stibitze gern Luftballons und fliege mit ihnen ganz, ganz hoch in den Himmel. Und irgendwann platzen die so schön. Peng! Wirklich famos. Und du?«

»Lesen«, antwortet Willow.

»Ach ja, ach ja. Das wusste ich natürlich.«

»Ansonsten waren wir immer gern wandern.«

»So richtig die Berge hoch?«, fragt der Geist und klettert pantomimisch durch die Luft.

»Naja, eher sportlich spazieren. Im Grunde: laufen, du weißt schon.«

»Ich erinnere mich dunkel.« Das kleine Gespenst sinkt langsam wieder zu Willow auf den Teppich. »Plattenspieler hab ich noch vergessen«, fügt es hinzu. »Schallplatten springen zu lassen ist auch eines meiner liebsten Hobbys. Schade, dass ihr keine habt.«

»Bilder schief hängen hast du wohl auch noch vergessen.«

»Hm, das würde ich nicht gerade ein Hobby nennen. Das ist einfach guter Geschmack. Bilder, die schief hängen, sind einfach schöner. Ich spukte mal in einer Wohnung, da hatte die Frau nur runde Bilderrahmen, stell dir das mal vor. Furchtbar. Noch eins?«

Das Gespenst deutet auf die Schale mit den Maiskörnern.

»Nee, ich glaube, so langsam reicht es. Gefühlte zwei Kilo Popcorn sind auch nicht wirklich gesund.«

»Gesünder als deine Ehe«, erwidert das Gespenst mit einer vorsichtigen Grimasse.

Willow schmunzelt, legt sich auf den Rücken und verschränkt die Hände über ihrem Bauch.

»Touché.«

»Ich weiß zwar nicht, was das heißt, aber ich hab noch was«, sagt das Gespenst und streckt sich neben Willow auf dem Boden aus. Sie dreht ihren Kopf zu ihm.

»Schieß los«

»Wo liegt Tinder?«

»Was?«

»Wo liegt dieser *Tinder*? Wo finde ich den?«

Willow dreht sich auf den Bauch und stemmt die Ellenbogen in den weichen Teppich.

»Äh ... ich weiß gar nicht, wo ich anfangen soll ...«

»Ständig erzählen Leute, dass sie sich auf dem *Tinder* getroffen haben. Da muss ja ordentlich was los sein. Ich will da auch mal hin und mir das angucken.«

»Das ist kein Ort ... also schon, aber virtuell. Quasi. Es ist eine App.«

»Eine App?«

Das Gespenst verzieht seinen Mund.

»Auf dem Handy? Warte ...«

Willow krabbelt zur Couch und ertastet ihr Handy zwischen den Kissen.

22:58.

Verpasster Anruf: Thomas.

Seit Stunden hat sie nicht mehr an ihn gedacht und das fühlte sich gut an. Sie wischt die Mitteilung beiseite und hält dem Gespenst das leuchtende Display vors Gesicht.

»Sowas hier. Das sind kleine Programme. Schwierig zu erklären.«

»Ich weiß, was das ist! Glaube ich. Aber das verstehe ich trotzdem nicht – wie soll man sich in einem Handy treffen?«

»Du weißt, was ghosten ist, aber hast keine Idee vom Internet?«

Das Handy landet geräuschlos auf der Couch, Willow lässt sich wieder auf dem Teppich nieder und schenkt sich Rotwein nach. Mit einem beleidigtem Gesichtsausdruck steigt das Gespenst in die Luft hinauf.

»Entschuldige bitte, aber ich kriege ja nur Gesprächsfetzen mit. Es erklärt einem ja niemand dieses einundzwanzigste Jahrhundert. Alles muss man sich irgendwie auf eigene Faust beibringen.«

Es stößt einen langen Seufzer aus und fliegt näher an den Kamin.

»Du klingst, als würdest du dir einen Lehrer wünschen«, bemerkt Willow und schaut durch den Geist hindurch in die milchigen Flammen. »Warst du gern in der Schule?«

Der Geist antwortet nicht sofort, sondern lässt einen Moment verstreichen, ehe er trübselig antwortet: »Ich war nie in einer Schule.«

Das zuzugeben fällt ihm noch immer schwer. Selbst nach all dieser Zeit. Als kleines Kind hatte er dem Schulbeginn entgegengefiebert. Hatte auf Zehenspitzen durch die Fenster des kleinen Schulgebäudes geschmult und sich zu den anderen ins Klassenzimmer gewünscht. Er sollte Lesen lernen, damit er es einmal besser haben würde. Aber es sollte alles anders kommen.

»Oh.«

»Ja.«

»Möchtest du mir davon erzählen? Von früher?«

Der Hausgeist zuckt mit den Schultern. Im Kamin rutscht ein Stück Holz knackend tiefer in die Flammen und lässt Funken aufsteigen. Schnell fliegt das Gespenst hinterher und sammelt eine Handvoll Funken ein. Dann schaut es an sich herab und beobachtet, wie sie in seinem Bauch schließlich gänzlich verglühen.

»Vermisst du etwas aus deiner Zeit als Mensch?«, wagt Willow sich vorsichtig vor.

»Puh, keine Ahnung. Ich kann mich gar nicht mehr so richtig dran erinnern. Ist einfach schon zu lange her«, druckst es herum.

»Wieso glaube ich dir das nicht?«

Das Gespenst schwebt zu Willow und lässt sich vor ihr auf dem Teppich nieder.

»Weil du jedem in den Kopf gucken kannst«, murrt es. »Du machst wohl nie Feierabend?!«

Lächelnd schüttelt Willow den Kopf, woraufhin ihr ein paar lange Strähnen nach vorn über die Schultern rutschen. Das Gespenst betrachtet ihr kohlefarbenes Haar, bevor es leise zu sprechen beginnt.

»Ich vermisse meine kleinen Schwestern. Und meine Frau Mutter.«

Seine unscharfe Kontur streicht über den Rand des Rotweinglases. Dann seufzt der Geist laut, sackt in sich zusammen und schlüpft hinein. Die nun milchig-rote Flüssigkeit schwingt im Bauch des Glases hin und her.

»Wie war sie so, deine Familie?«

Die Frage rutscht hinab ins Glas, während Willow ihre Hand um dessen Stiel legt.

»Hungrig«, antwortet der Wein. Das Feuer knirscht. »Wir waren sechs. Es war laut, es war wild. Es wurde wohl zu viel und dann waren wir von einem auf den anderen Tag plötzlich nur noch fünf.« Willow schluckt. »Als Vater ging, kam der Hunger. Wochenlang hatte Frau Mutter auf seine Rückkehr gewartet und dabei vergessen, wie man lacht. Seither war es zu Hause auch im Sommer bitterkalt. Wir lebten in einem kleinen Haus mit Garten für Gemüse. Meine Schwestern und ich teilten uns die kleine Stube. Aber im Winter habe ich mich ums Feuer gekümmert und nachts direkt vor dem Ofen geschlafen. Die vermaledeiten Kartoffeln reichten meist nur bis Weihnachten, manchmal bekamen wir Rüben und Eier von unseren Nachbarn. Und weil uns über die Jahre so vieles genommen wurde, wollte ich, dass wenigstens das Lachen meiner Schwestern bleibt. Das Kichern und Kreischen, wenn ich sie vor dem Zubettgehen kitzelte.« Ein schwaches Gluckern dringt aus dem Weinglas. »Das vermisse ich.«

»Ich verstehe«, antwortet Willow und kommt ins Grübeln. Wie lange leidet diese verwundete Seele schon unter diesen Traumafolgen? Unter den Erinnerungen an eine Kindheit, die keine sein durfte.

Ruhig löst sich das Gespenst aus dem Weinglas. Es schraubt sich in die Luft hinauf und entfaltet sich gemächlich. Wie eine Feder sinkt es zu Willow auf den Teppich.

»Was ich auch noch vermisse ...«

»Ja?«

»Klingt für dich jetzt bestimmt wunderlich ...«

»Ich denke, daran hab ich mich mittlerweile gewöhnt.«

Das Gespenst kichert und rückt schüchtern näher an Willow heran.

»Anlehnen! Ich vermisse es, mich irgendwo anzulehnen.«

15

Im nächsten Moment rauscht das Gespenst alarmiert in die Luft.

»Hörst du das?«

»Du meinst den Wind?«

»Nein, nein, nein.«

Es saust zur Haustür und geradewegs hindurch nach draußen. Der Wind stöhnt, das Feuer knistert müde.

»Ja, ähm, danke fürs Gespräch«, murmelt Willow und korkt die fast leere Flasche Rotwein zu. »Es war jedenfalls ein sehr schöner Abend.«

Als sie gerade Richtung Küche geht, jagt das Gespenst zurück ins Haus.

»Thomas kommt! Er ist zurück!«

Wie erstarrt steht Willow mit dem Weinglas in der einen und der Flasche in der anderen Hand da, unfähig, sich zu bewegen. In ihrem Kopf beginnt ein Krieg an Gedanken. Warum taucht er gerade jetzt auf, mitten in der Nacht? Wie kommt er auf die Idee, sie so überrumpeln zu können? Vielleicht gibt es einen versteckten Grund für seine plötzliche Rückkehr. Hat er die Zeit der Trennung überhaupt zur Einkehr genutzt? Vermutlich hat er es mit sich selbst einfach nicht mehr ausgehalten. Hat er sich verändert? Hat sie sich verändert?

Das Gespenst fliegt zum Fenster und lugt durch den Vorhang.

»Er ist fast an der Treppe.« Seine großen, schwarzen Augen blicken sie fragend an. »Willow?«

Ein Satz schreit lauter als alle anderen durch Willows Kopf: Ich kann nicht! Bei dem Gedanken an eine weitere Auseinandersetzung mit Thomas türmen sich in ihrem Inneren sekundenschnell Barrikaden auf. Höchste Zeit, eine Grenze zu ziehen.

Sie löst sich aus ihrer Schockstarre, stellt Flasche und Glas auf den Kaminsims und flitzt zur Tür. Hektisch fummelt sie die Sicherheitskette in die kleine Metallhalterung, als sich von außen ein Schlüssel ins Türschloss schiebt. Es klickt, und sowohl Willow als auch das Gespenst weichen zurück. Als sich die Haustür schwungvoll öffnet, spannt sich die Kette mit einem Rasseln und verwehrt jeglichen Eintritt. Es rumpelt.

»Was zur Hölle ...?« Thomas' Stimme quetscht sich durch den Türspalt zu ihnen herein. »Wi?«, ruft er irritiert und stemmt sich von außen gegen die Tür, aber die tapfere Kette hält. »Willow?«, ruft Thomas lauter und klopft.

Ein Nebel breitet sich in Willows Brustraum aus und raubt ihr stillschweigend binnen weniger Sekunden die Luft. Alle Gedanken verstummen. Der Raum schwankt und auch das Gespenst trudelt nervös durch die Luft. Thomas hämmert gegen die Tür, während Willow sich ins Wohnzimmer zurückzieht. Der Geist eilt zu ihr. Draußen wird es still.

»Potzblitz«, flüstert das Gespenst. Zwei bleiche Gesichter schauen einander an. Willows Handy klingelt irgendwo in der Couch vergraben. Sie wühlt zwischen den Kissen und zieht es schließlich hervor. Mit einem Tastendruck stirbt das Bimmeln in ihrer Hand.

»Willow, what the fuck? Ich höre dein scheiß Handy!«, brüllt Thomas durch den Türspalt.

Hielt sie ihn etwa für dumm? Ganz ruhig, jetzt nur nicht die Nerven verlieren. Lautstark atmet er aus. Neustart. Dann spricht er in einem ruhigeren Ton: »Lass mich rein. Ich bin gekommen, um mich zu entschuldigen.« Willow sinkt auf die Couch, lehnt die Ellenbogen auf die Knie und legt den Kopf in ihre Hände. »Wi, lass mich rein, bitte.«

Der Wind heult. Mit glänzenden Augen schaut Willow auf das Gespenst, das vor ihr schwebt und fragend die Arme hebt.

»Ich kann nicht«, ruft sie, so laut sie kann, und doch ist es kaum mehr als ein Flüstern.

»Was? Du kannst nicht?«

Ein grimmiges Lachen schabt von außen an der Tür.

»Du willst immer, das wir reden ... Jetzt bin ich hier und du kannst nicht?« Willows Kopf wird schwer. Eine Träne fällt hinab und wird vom Teppich verschluckt. »Soll das ein Witz sein?«, fährt Thomas fort. Er versteht die Welt nicht mehr. »Was genau kannst du denn nicht? Zugeben, dass du überreagiert hast? Deinen Hintern die drei Meter bis zur Tür schwingen? Kannst du nicht mehr gerade gehen? Lass mich raten, Bordeaux?«

Zornig schnellt das Gespenst in die Luft. Willow hebt die Hand und schüttelt den Kopf.

»Das ist lächerlich, Willow.« Thomas tritt gegen die Tür. Willow und das Gespenst zucken zusammen. »Einfach nur lä-cher-lich«, ruft er. Soll sie doch ihre Spielchen spielen, diesen Kinderkram macht er nicht mit. Ein Rumpeln erklingt auf der Veranda und dann ist es still. Thomas verschwunden.

Willow lauscht dem Novemberwind, der wie ein schwaches Nachbeben an der Tür rüttelt. Sie lehnt sich zurück in die Couchkissen, ihre Schultern entspannen sich und frische Luft strömt wieder in ihre Lungen.

Der Geist wedelt mit einem Ärmchen vor Willows Gesicht herum.

»Was machst du?«, fragt sie erschöpft.

»Ich gebe dir einen Daumen hoch! Sieht man das nicht?«

»Nein.«

»Oh ... okay.«

Das Gespenst lässt den Arm sinken. Nach einem tiefen Atemzug erhebt sich Willow und durchquert das Zimmer. Sie schließt die Haustür, holt ihren Schlüssel und dreht ihn zwei Mal im Schloss. Dann lehnt sie sich mit dem Rücken an die Tür und sagt: »Er hat recht.« Sie schaut zu Boden. »Ich will in den Dialog und lasse es nicht zu. Da will er einmal reden ... und ich?«

»Das nennt ihr Menschen reden?« Das Gespenst plustert sich auf und stemmt die Ärmchen in die Seiten. »Für mich war das ganz schön viel: WILLOW! Und: lä-cher-lich.«

Willow wirft die Arme in die Luft.

»Auch du hast recht.«

Sie geht zurück zur Couch und lässt sich längs darauf fallen. Ihr Seufzen wird von einem Couchkissen erstickt.

Das Gespenst fliegt hinterher und sagt: »Eigentlich mag ich das ja an euch – dieses Rambazamba. Ihn nicht reinzulassen, war trotzdem eine gute Entscheidung.«

Willow stützt ihr Gesicht in eine Hand und schließt die Augen.

»Ich weiß einfach nicht, wie es weitergehen soll. Ich kann ihn nicht ewig aussperren. Außerdem will ich doch wissen, was er zu sagen hat. Es ist alles so verworren. Vielleicht hatte ich wirklich zu viel Wein.«

»Wie soll es schon weitergehen? Irgendwann werdet ihr euch schon wieder abregen. Und dann meint er es wieder ernst und du meinst es wieder ernst, weil ihr liebt euch doch so, er zieht wieder ein. Sag mir dann aber am besten rechtzeitig Bescheid, damit ich für ein paar Tage woanders unterschlüpfen kann, während ihr euch hier wieder versöhnt.« Willow schaut mit zusammengezogenen Augenbrauen zum Geist hinauf. Dieser schaut verdutzt zurück. »Was? Etwa nicht? Ihr müsst euch einfach noch ein bisschen abkühlen, dann wird das schon. Heute war einfach zu früh, ihr seid noch nicht so weit. Aber du wirst schon sehen, in ein paar Wochen sind wir wieder eine glückliche, tellerschmeißende Familie«, flötet er zuversichtlich.

»Moment, Moment.« Willow setzt sich auf. »Ich weiß gar nicht, wo ich anfangen soll.« Sie hebt einen Finger in die Luft. »Erstens: Das mit den Tellern, das war ein Mal.«

»Ja, das war ein Spaß!«, erinnert sich das Gespenst fröhlich. Willow hebt einen weiteren Finger.

»Zweitens: Das hier hat nichts mit Abwarten zu tun. Es hat etwas damit zu tun, dass sich unsere Diskussionen immer im Kreis drehen und da hilft Abwarten auch nicht. Im Gegenteil. Aber ich muss mich auch nicht ständig seinem Zeitplan beugen. Und drittens: Seit wann sind wir bitteschön eine dreiköpfige Familie?« Dem Gespenst gleitet sein Grinsen langsam aus dem Gesicht. Es sinkt auf den Teppich. »Es mag für dich von außen einfach aussehen, aber das ist es nicht. Wir führen immer die gleichen Gespräche.«

»Wir beide?«, fragt das Gespenst.

»Thomas und ich!«, entgegnet Willow genervt. »Wie oft soll ich ihm meine Bedürfnisse denn noch erklären? Ich bin es leid, nicht gesehen zu werden. Es fühlt sich an, als würde ich mehr und mehr unsichtbar.« Ein mitfühlender Blick huscht über Willows Gesicht, als sie fortfährt. »Die letzten Wochen haben wir nur noch gestritten.«

»Ich weiß, ich war dabei.«

»Und es ist jetzt was? Das dritte Mal, dass wir so auseinandergehen?«

»Das vierte Mal. Das mit den Koffern war das dritte Mal.«

»Das vierte Mal in diesem Haus.«

Mit verschränkten Armen schwebt das Gespenst knapp über dem Boden und fängt Willows müden Blick auf. Sie wirkt kleiner als sonst und ihre sturmblauen Augen schimmern, als wären sie aus Glas. So ungewohnt zerbrechlich hat das Gespenst sie noch nie gesehen.

»Das ist doch Wahnsinn, oder nicht?«, fragt sie leise. »Es muss aufhören. Ich kann das einfach nicht mehr.«

Die Erschöpfung, die in ihrer Stimme liegt, ist nicht zu überhören. Für eine erneute Kollision mit Thomas fehlt ihr gerade jegliche Kraft. So sehr sie sich auch nach Klärung sehnt, so stark merkt sie auch, dass sie längst an ihre Grenzen gekommen ist. »Es muss aufhören.«

Der Geist bemerkt eine einsame Träne, die sich aus ihrem Auge löst. Er erhebt sich und gleitet vorsichtig ganz nah an ihr Gesicht heran. Die Träne rinnt an Willows spitzem Kinn entlang, fällt und landet mitten in seinem ausgestreckten Arm. Er hebt den schwebenden Tropfen an seine dunkelschwarzen Augen und betrachtet ihn. Eine kleine, glänzende Wasserkugel. Das mikroskopische Universum ihrer Traurigkeit. So klein und gleichzeitig unendlich.

Plötzlich kann der Geist die Träne kaum noch halten. Vorsichtig schüttelt er die Schwere aus seinem Arm. Sie fällt und zieht einen weißen Schleier hinter sich zu Boden. Der Geist blickt zurück in Willows traurige Augen und nickt wie in Zeitlupe.

»Es muss aufhören«, wiederholt er niedergeschlagen.

16

Das entfernte Läuten einer Kirchturmglocke wird vom Wind über das Haus getragen. Es schlägt Mitternacht.

»Aber ein bisschen schade darf ich das schon finden, oder? Das hat mir doch immer so gut gefallen bei euch – das Türenknallen und Tellerschmeißen.«

Zusammengerollt liegt Willow auf der Couch. Die Kuscheldecke bis über die Schultern gezogen.

»Uns durch Spiegel zu beobachten, heißt noch lange nicht, dass du verstehst, wie unsere Beziehung funktioniert. Von außen lässt sich überhaupt nicht nachvollziehen, wie sich die Liebe anfühlt, das ist nämlich so individuell wie jeder Fingerabdruck.«

Der Geist schaut an sich hinab, hebt seine Ärmchen und lässt sie dann wieder sinken.

»Zeig mal!«

»Was soll ich zeigen?«

»Deine Finger!«

Willow schüttelt sich die Decke von einem Arm und öffnet ihre Hand. Das Gespenst kommt ganz nah heran und Willow spürt einen Windhauch über ihre Fingerspitzen gleiten.

»Kannst du dich nicht erinnern? Jeder Finger hat sozusagen sein eigenes Muster.«

»Kleine Labyrinthe«, staunt das Gespenst. Willow entwischt ein kurzes Lachen. »Donnerlittchen, das hatte ich vergessen.«

»Und so fühlt es sich eben manchmal auch an: wie in einem Labyrinth herumzuirren. Jeder in seinem eigenen Irrgarten.«

Willow zieht ihren Arm zurück unter die Decke und kuschelt sich ein.

»Und wenn man drüberfliegt und von oben raufguckt, ist es viel einfacher zu lösen, als wenn man mittendrin steckt.«

Der Hausgeist nickt nachdenklich.

»Sozusagen.«

»Und bist du immer noch in deinem Irrgarten?«

»Es fühlt sich an, als wäre ich gerade dabei, den Ausgang zu finden«, antwortet Willow und schließt die Augen. »Es ist vermutlich schwierig für dich, das alles nachzuvollziehen«, murmelt sie.

Der Geist kneift seine dunklen Augenhöhlen zusammen und fliegt rüber in die glühenden Kohlen. Das schwache Feuer nimmt eine milchige, trübe Farbe an.

Nach einer Weile spricht er rau: »Ich frage mich, wieso du nicht selbst draufkommst.«

Suchend blickt sich Willow im Raum um und entdeckt das Gespenst schließlich in der Glut.

»Was meinst du?«

Es presst den Mund zu einem schmalen Streifen zusammen und schweigt. Willows Augenbrauen schieben sich zusammen.

»Jetzt spucks schon aus. Worauf soll ich denn kommen?«

»Na, das ich die Liebe auch kenne«, stößt das Gespenst hervor. »Dieses scheußliche Ding«, fügt es hinzu, seufzt und löst sich wieder aus den Flammen. Kleine Funken hängen noch in seinem halbdurchsichtigen Körper, als es sich auf dem Boden niederlässt.

»Oh«, ist alles, was Willow verdutzt über die Lippen bringt. Sie hält die Decke fest und setzt sich neben das Gespenst auf den Teppich vor dem Kamin. »Hattest du mal Liebeskummer?« Bedeutungsschwanger wiegt der Geist seinen Kopf hin und her. »Komm schon, erzähl mal. Du hast doch damit angefangen.«

»Ist einfach zu lange her. Ich wollte dich nur daran erinnern, dass ich auch mal ein Mensch war.«

»Wann hast du denn gelebt?«

Willow schaut zu dem weißen Wesen neben sich hinunter.

»Um ehrlich zu sein, ich hab den Überblick verloren. Ist das zu glauben?«, sagt das Gespenst und nimmt im Schein des müden Feuers eine leicht rosa Farbe an. »Ich habs vergessen. Darf man keinem erzählen.«

»Ich erzähle es sowieso keinem«, versichert Willow. »Du kannst mir blind vertrauen.«

»Aber ich bin nicht blind ... Kann ich dir trotzdem vertrauen?«

Ein zweites Mal wird Willow an diesem doch eigentlich so furchtbaren Abend von ihrem eigenen Lachen überrascht.

»Ja, das sagt man nur so.«

»Danke«, flüstert das Gespenst. Es gleitet näher zu Willow heran und kommt wenige Zentimeter neben ihr zum Stehen. »Darf ich heute Nacht wieder bei dir bleiben?«

»Bist du das nicht irgendwie immer?«, fragt Willow argwöhnisch und zuckt mit den Schultern. Die letzten Flammen lecken über die rötlich schimmernde Glut. Das Gespenst ist kaum mehr als ein hellgrauer Schatten. Seine nächsten Worte ein durchsichtiges Flüstern.

»Darf ich mich bei dir anlehnen?«

»Öhm, klar.«

Zentimeter für Zentimeter rutscht es näher. Willow setzt sich auf, lässt die Decke von den Schultern sinken und streicht ihr Haar beiseite. Das Gespenst schaut kurz zu ihr herauf und schmiegt den Kopf an ihren Pullover.

»Ich schätze mal, der Pullover ist weich?«, fragt es leise.

»Sehr, ja.«

Das Gespenst schließt die Augen und lächelt.

Wenn Willow nicht gewusst hätte, dass sich gerade ein Geist an ihre Schulter lehnt, hätte sie es vermutlich nicht gespürt. Aber als sie aus dem Augenwinkel an sich heruntersieht, fühlt sie einen seichten Hauch durch den Stoff ihres Pullovers. Und entgegen ihrer Erwartung ist er nicht kalt. Es ist das wohlig warme Gefühl einer halbtransparenten Freundschaft.

17

Wenig später schließt Willow ihren Kleiderschrank.

»Allein zu leben hat auch seine Vorteile. Immerhin muss ich jetzt nicht mehr ständig die Schranktüren hinter Thomas zumachen. Das hat mich nämlich schier wahnsinnig gemacht. Ich meine – was ist daran so schwierig?«, fragt sie das Gespenst, als sie gemeinsam die Ankleide verlassen. Es nickt verlegen, bemüht, den Ausdruck allein zu leben nicht persönlich zu nehmen. Willow durchquert das dunkle Schlafzimmer und schließt das Fenster. »Ständig bin ich dagegen gerammelt«, beschwert sie sich und allein bei der Erinnerung daran schmerzt ihr Ellenbogen.

Das Gespenst räuspert sich.

»Also bist du doch froh, dass er weg ist, oder wie?«

»Ja und nein«, jammert Willow und verzieht das Gesicht.

»Also, eins kann ich dir sagen«, flötet es und kreiselt über dem Bett. »Seit eurer Trennung bist du nicht mehr so kratzig, wenn ich an dir vorbeifliege.«

»Soso.«

»Aber die Katze, die hätte er ruhig hier lassen können. Hatten gute Gespräche, wir beide.«

Verwundert schaut Willow zum hellen Schweif, der an der nachtschwarzen Zimmerdecke herumkurvt.

»Du und die olle Katze?«

»Natürlich ich und die Katze! Und lass mich dir eins sagen, sie mag dich viel mehr als du sie. Auch wenn sie das nur ungern zugibt.«

Mit einer abwinkenden Handbewegung verschwindet Willow ins Badezimmer. Als das Geräusch der elektrischen Zahnbürste erklingt, fliegt der Geist neugierig durch die Wand hinterher. Doch dann fällt ihm ein, dass er das ja gar nicht darf. Sofort dreht er wieder um und klopft an die Tür.

»Herein.«

Willow steht am Waschbecken. Das Gespenst macht es sich im Spiegel bequem und studiert aufmerksam jede ihrer Bewegungen. Sie betrachtet das zahnlose Grinsen gegenüber. Als das Gespenst auf der anderen Seite beginnt, jede ihrer Bewegungen pantomimisch nachzuahmen, verdreht sie die Augen. Sie spuckt einen Klecks Zahnpasta ins Waschbecken und sofort löst sich das weiße Spiegelbild aus der Wand und fliegt zu ihr.

»Pah!«, spuckt es einen Schwall Luft hinterher.

Während Willow sich das Gesicht wäscht, schaut es zur Decke und imitiert Gurgelgeräusche.

»Bist du albern!« Sie lacht in ihr Handtuch hinein und hängt es zurück an den Haken.

»Es geht doch nichts über einen reinen Geist.«

»Haha. Eine Frage hätte ich noch«, sagt Willow mit gerunzelter Stirn. »Du hast vorhin gesagt, Thomas meint es noch nicht erst, oder wir wären noch nicht so weit oder so etwas in der Art. Wie kommst du darauf?«

»Ganz einfach«, antwortet das Gespenst und fliegt an ihr vorbei ins Schlafzimmer. »Er hatte die Katze nicht dabei.«

Nachdenklich löscht Willow das Licht im Badezimmer. Hell und klar scheint das Mondlicht in den dunklen Raum und teilt ihn in schwarz und weiß. Das Gespenst schwebt still vor dem Fenster.

Leise stellt sich Willow daneben und gemeinsam schauen sie in den Nachthimmel. Er ist voller bauschiger Wolken, von denen sich eine langsam vor den strahlenden Vollmond schiebt. Die Sterne blinzeln aus den Wolkenlöchern zu ihnen herab. Willow wendet den Blick ab und ihre Augen haben im schwächer werdenden Mondlicht Mühe, den Geist in der Finsternis zu erkennen. Es scheint, als würde er sich langsam auflösen. Seine Umrisse wirken ausgefranst. Und als die Wolke das Zimmer schließlich in vollkommene Dunkelheit taucht, hat Willow das Gefühl, ebenfalls zu verschwinden.

Einen Moment lang ist da nichts. Kein Gedanke. Kein Geräusch. Kein Fenster. Kein Raum. Kein Haus. Sie fühlt, wie sich die Schwere der Nacht um ihren Körper legt. Das erdrückende Gewicht presst ihr die Luft aus den Lungen. Mit einem Schlag fühlt sie sich unendlich allein.

Endlich sickert das Mondlicht langsam wieder durch die Wolke ins Zimmer. Es fällt zunächst in Fetzen auf die Vorhänge, gleitet dann über die Fensterbank und fließt hinab bis auf den Boden, wo es sich schließlich ausbreitet.

Willow öffnet ihre Augen und wird sogleich von dem grellweißen Geschöpf geblendet, das da noch immer neben ihr schwebt. Es ist, als würde das Gespenst selbst von innen strahlen. Heller denn je. Auch sein Gesicht leuchtet geradezu. Es sieht vollkommen fröhlich aus.

»Ich bin gerade so glücklich«, flüstert das Gespenst und lächelt, was Willow wiederum fast das Herz zerreißt. Ruhig dreht es sich zu ihr. »Ich habe mir immer ... hey, du weinst ja«, sagt es erschrocken, als es eine Träne bemerkt, die knapp unter Willows Auge glitzert. Es kommt ganz dicht zu ihr heran geschwebt und sagt: »Weine doch nicht!«

Willow schlingt ihre Arme fest um sich selbst.

»Weinen ist gut, weißt du«, haucht sie. »Es ist eine Art Ventil für emotional angestaute Energie.«

»Aber du siehst dann so schrecklich traurig aus.«

Sie nickt kraftlos.

»Ich bin gerade schrecklich traurig.« Sie wischt sich die Träne aus dem Gesicht und fügt hinzu: »Aber das ist auch okay. Traurigsein gehört zum Leben dazu.«

Das Gespenst schaut nachdenklich wieder nach draußen. Muss es selbst auch traurig sein, um zum Leben dazu zu gehören? Ist das Leben immer schwierig und ernst und traurig? Wenn er an seine Lebzeit zurückdenkt: meistens ja.

»Komm, es ist schon spät«, sagt Willow und zieht die dicken Vorhänge vor das Fenster. Und obwohl es für das Gespenst normalerweise längst noch nicht *schon spät* ist, fühlt es sich augenblicklich ganz müde und seltsam schwer. Willow tapst im Dunkeln zum Bett und schlüpft auf ihrer Seite unter die Decke. Dann klopft sie neben sich auf die Matratze.

Nachdenklich fliegt das Gespenst zu ihr aufs Bett. Es lässt sich auf der leeren Seite nieder und rollt sich auf dem Kopfkissen ein.

»Gute Nacht«, wispert Willow in die Dunkelheit hinein.

Das Gespenst ist stumm in seine Gedanken versunken. Es wollte ihr doch so viel sagen. Dass es sich so lange nach einer Freundschaft wie dieser gesehnt hat. Dass es sich seit Jahren, seit Jahrzehnten nicht mehr so geborgen gefühlt hat wie jetzt. Wollte ihr sagen, was ihm das alles hier bedeutet. Aber wie kann es selbst so glücklich sein, während der dafür verantwortliche Mensch gleichzeitig so niedergeschlagen ist? Braucht sie doch wieder ihren Menschenmann zum Glücklichsein? Vielleicht würde sie ja wieder fröhlich sein, wenn sie wüsste …

»Willow?« Zaghaft lugt das Gespenst zum Deckenberg auf der anderen Seite des Betts hinüber. Und es hätte schwören können, dass es seinen eigenen Herzschlag spürt, als es leise gesteht: »Immer, wenn ich mit dir zusammen bin, fühle ich mich lebendig.«

Als seine Worte durch die Dunkelheit irren, rutscht Willow gerade in einen Traum.

Draußen fällt der erste Schnee des Winters.

18

Gähnend schiebt sich die trübe Wintersonne über den Häusern Richtung Horizont. Träge rollt sie von Dach zu Dach, bis sie schließlich von einem herabrutscht und verschwindet. Unter einem lilafarbenen Himmel steigt Willow aus ihrem Auto. Sie setzt eine Mütze auf, wirft sich ihren Mantel über und holt dann eine große Papiertüte aus dem Kofferraum. Mit einem Knopfdruck schließt sie die Kofferraumklappe, als ihr Handy klingelt. Willow schiebt es an ihrer Mütze vorbei ans Ohr und klemmt sich die Tüte unter den Arm.

»Hey, was gibts?« Ihre Schuhe rutschen über den vereisten Gehweg, während sie zuhört. »Das war so klar. Ist doch wieder typisch – er redet mit allen über mich, statt mit mir über uns.«

Im Zwielicht sieht Willow das Gespenst am Geländer der Veranda baumeln.

»Nee, brauchst du nicht. Soll er mich ruhig bei seinen Freunden schlechtmachen. Kann er sich prima ablenken und Mitleid abholen.«

Vorsichtig läuft sie den leicht verschneiten Weg des Grundstücks entlang zum Haus. An der Veranda angekommen, nimmt sie das Handy vom Ohr und drückt es an ihren Mantel.

»Was machst du denn hier draußen?«, flüstert sie und sieht sich nach allen Seiten um.

»Na, auf dich warten«, ruft der Geist aufgeregt und fliegt an ihr vorbei in den Vorgarten. »Guck mal, was ich mit dem Schnee machen kann.«

Willow hebt das Handy wieder ans Ohr und schaut dem Gespenst hinterher. Es lässt sich rücklings in den pudrigen Schnee fallen. Willow steigt die Stufen zur Veranda empor und angelt umständlich nach ihrem Schlüssel.

»Ja, ich bin noch dran. Ich bräuchte nur gerade einen Arm mehr, als ich habe.«

»Guckst du?« Freudig rudert das Gespenst mit den Ärmchen im Schnee auf und ab. »Ich mache einen Schneegeist!«

Willow greift nach ihrem Schlüssel, dreht sich zum Garten und findet ein Lächeln. Sie nickt dem schnee-weißen Geschöpf zu, das in die Luft steigt und sich schüttelt. Zahlreiche Flöckchen rieseln in den Abdruck des Schneegeists auf der Wiese.

Wie eine kleine Schneewolke, denkt Willow und schließt die Tür auf. Auf der Fußmatte stampft sie sich den Schnee aus den Sohlen.

»Genau, bin gerade rein. Ich meld mich, wenn ich ausgepackt und herausgefunden habe, was mir die Verkäuferin da eigentlich alles angedreht hat. Bis später.«

»Kommst du rein? Es ist kalt«, fragt sie über ihre Schulter; während die Erkenntnis durch ihren Kopf blitzt, dass die Kälte dem Gespenst wohl kaum etwas ausmachen sollte.

Willow stellt die Papiertüte in den Flur, wirft ihren Schlüssel auf die Kommode und hängt den Mantel an die Garderobe. Sie zieht ihre blaue Mütze vom Kopf und gibt der Tür einen Schubs. Kurz bevor diese ins Schloss fällt, rutscht ein heller Schweif durch den offenen Spalt.

»Ui!«, staunt der Geist. »Reizend, die Haare.«

»Ja? Gefällt's dir?« Willow dreht sich zum Spiegel über der Kommode und betrachtet ihren scharf geschnittenen Bob. Mit den Fingern zupft sie ihren neuen Pony in Form. Ihre Augen funkeln einander an. Dann fällt ihr Blick auf den kleinen, mickrigen Kaktus, der neben ihrem Schlüsselbund die Kommode ziert. Er sieht aus wie eine zwanzig Jahre alte Gurke. Das Gespenst schaut Willow über die Schulter.

»Lassen wir das endlich mit den Pflanzen?«

Willow greift sich den traurigen Topf und geht in die Küche.

»Was meinst du jetzt schon wieder? Hast du was gegen Pflanzen?«

»Ich weiß nicht, mag ich nicht besonders. Pflanzen gehören nach draußen.«

»Du magst so einiges nicht besonders, hab ich das Gefühl. Kann ich mich also richtig glücklich schätzen ...«, sagt sie mit einem Zwinkern und öffnet die Tür unter der Spüle. »Keine Sorge, ich hab offenbar sowieso keinen grünen Daumen. Mir geht alles ein, wie du vielleicht mitbekommen hast.« Der Kaktustopf plumpst mit einem dumpfen Geräusch in den Mülleimer. Das Gespenst formt seinen Mund zu einem kleinen o. Verdächtig konzentriert schaut es aus dem Fenster. Willows Augen verengen sich. »Es geht mir doch alles ein ... oder nicht?«

»Nun ja ...«

»Kunibeeert ...«

»Ich sag doch, ich bin kein großer Pflanzenfreund.« Willow geht einen Schritt auf ihn zu.

»Bringst du hier heimlich meine Pflanzen um?«

Das Gespenst nimmt Reißaus und setzt sich auf den Kühlschrank.

»Hey, also wer mit Essig nicht umgehen kann ... Ein bisschen experimentieren darf doch wohl erlaubt sein. Ich bin ein Entdeckergeist, musst du wissen.«

»Ich fasse es nicht.« Willow schüttelt ihren Bob. »Ich kaufe ständig Dünger und lese Garten-Blogs.« Das Gespenst kann sich ein freches Grinsen nicht verkneifen. »Ich hatte sogar einen Pflanzenfachberater hier, verdammt noch mal.«

»Ja, das war lustig.«

»Das war teuer«, schnaubt Willow.

»Ach, komm schon, sei mir nicht böse«, säuselt der Geist und schwebt wieder zu Willow hinab. Langsam dreht er einen Kreis um sie. »Dieses Haus ist eben nur was für die Stärksten unter uns. Wer zu schwach ist, der muss gehen.« Er fliegt durch die offene Schranktür unter der Spüle und kommt aus dem Abfluss des Waschbeckens wieder zum Vorschein. »So einfach ist das.«

»Ja, dieses Haus ist nichts für schwache Nerven«, findet Willow und holt die Papiertüte aus dem Flur. Sie zieht ein Wollknäuel daraus hervor und dreht sich zurück zum Gespenst. »Trotzdem. Hier wird ab jetzt nicht mehr mit Essig rumhantiert!«

»Och, wieso denn?«

»Ich will nicht, dass du noch mehr Schaden anrichtest. Am Ende landet noch irgendein Gift in meinem Essen ...«, befürchtet Willow.

»Also, die Katze hats überlebt«, antwortet das feixende Gespenst.

19

Ein eisiger Nebel schiebt sich an jenem Dezember-
nachmittag durch die leeren Straßen der Vorstadt.
Wälzt sich vorbei an den alten Häusern, von denen
die meisten noch schlafen. Windet sich um die kahlen
Bäume und verschluckt alle Geräusche.

Der Duft frisch aufgebackener Waffeln erfüllt eines
der ältesten Häuser der Gegend. In Jogginghose und
Wollstrickjacke sitzt Willow auf der Küchenbank und
liest eine Fachzeitschrift. Der Geist schwebt vor dem
Fenster und betrachtet die Scheibe.

»Das mag ich«, sagt er. »Sieht aus wie von Geistern
gemalt, findest du nicht auch?«

Willow schleppt ihren Blick zu ihm hinauf.
Das Gespenst deutet auf die Eisblumen an der
Fensterscheibe.

»Hmm«, brummt sie, längst wieder versunken in
ihrer Lektüre über Entwicklungspsychologie.

Der Geist schwebt das Fensterbrett entlang hin zur
vertrockneten Pflanze im Kräutertopf und tippt gegen
die braunen Blätter.

»Wieso schmeißt du die eigentlich nicht weg?«

»Wieso lässt du mich eigentlich nicht in Ruhe
lesen?«

Willow blättert eine Seite um. Ein braunes Blättchen landet auf dem Fenstersims. Aus dem Nebel taucht ein Sportwagen auf und braust die Straße entlang. Vor dem Haus kommt das Auto zum Stehen.

»Oh, oh«, sagt das Gespenst.

»Was ist denn nun schon wieder?«

»Schlamassel im Anmarsch.«

Seufzend steht Willow auf und schaut ebenfalls aus dem Fenster. Thomas stapft in einen langen Mantel gehüllt den verschneiten Weg Richtung Haus. Willow schaut an sich herab und dann zum Gespenst, das merkwürdig den Mund verzieht.

»Lass ihn nicht hinein«, befiehlt sie, wirft die Zeitschrift auf den Küchentisch und eilt aus der Küche.

Während sie die Treppe nach oben flitzt, huscht der Geist zur Haustür. Als Schritte auf den Stufen zur Veranda zu hören sind, schlüpft er schnell ins Schlüsselloch. Die Türklingel läutet. Ihr helles Rufen verhallt im Haus. Draußen stampft sich Thomas den Schnee von seinen Schuhen. Er späht durchs schmale Fenster neben der Tür ins Haus hinein.

»Wi, lass uns reden«, bittet er und klopft an die Scheibe. Schließlich holt Thomas aus der Innentasche seines Mantels einen Schlüsselbund hervor. Ruckelnd schiebt er einen Schlüssel ins Schloss. Er versucht, ihn zu drehen, doch die Tür lässt sich nicht öffnen.

Verwirrt rüttelt er am Türknauf. »Willow?«, ruft er und klopft energisch. Fluchend zerrt er an seinem Schlüssel, als plötzlich die Tür nach innen aufschwingt und ihm seine Schlüssel aus den Händen reißt. In Leggins und einem roten Pullover steht ihm Willow gegenüber. Sie fummelt einen kleinen, weißen Kopfhörer aus ihrem Ohr und streicht sich ein paar dunkle Strähnen aus der Stirn.

»Hast du geklingelt? Ich hab dich nicht gehört.«

Thomas' Augen verengen sich und sein Mund verzieht sich zu einem halben Lächeln. Er macht einen Schritt auf sie zu. In diesem Moment rutscht sein Schlüssel aus dem Schloss und landet klimpernd neben Willows Füßen auf dem Holzboden. Sie hebt den Schlüsselbund auf und tritt zu Thomas auf die Veranda. Er streckt seine Hand danach aus, doch Willow schlingt ihre Arme um sich.

»Eisig«, haucht sie und zieht die Schultern nach oben.

Thomas Stirn legt sich in Falten und er zieht seine Hand zurück.

»Ja«, sagt er und mustert sie von oben bis unten.

»Du siehst so anders aus. Die Haare ...«

»Was willst du hier?«

Fragend hebt Willow beide Augenbrauen.

»Warum gleich so feindselig?« Thomas lacht und greift in seine Manteltasche. »Ich hab uns was mitgebracht.« Er reicht ihr ein durchsichtiges Tütchen voller mit Puderzucker bestäubter Kekse. Zögernd nimmt Willow sie entgegen. Ein Lächeln schwebt von seinem Gesicht zu ihr hinüber und verfehlt knapp ihren Mund. Ausdruckslos blickt sie hinab auf Kekstüte und Schlüssel in ihrer Hand. »Ich dachte, die passen gut zu einer Tasse Kaffee ...«

Thomas tritt näher zur Tür, aber Willow stellt sich in den Türrahmen und versperrt den Weg ins Haus. Er stutzt und legt seine Hände auf ihre Schultern.

»Es tut mir leid«, sagt er sanft. »Ich will nicht mehr streiten.«

»Ich auch nicht«, entgegnet Willow.

»Na, siehst du.« Thomas fährt mit einer Hand durch Willows glänzendes Haar. »Ich hab dich so vermisst.«

Willow schließt die Augen und spürt, wie ihr der Atem im Hals stecken bleibt. Eine Gänsehaut kriecht ihr über den Nacken und rutscht hinab unter den Pullover. Da ist sie wieder, diese fiese Anziehungskraft. Dieser Magnetismus, der zwischen ihnen vibriert.

Der die beiden so gern vergessen lässt, dass es zwei vollkommen entgegengesetzte Pole benötigt, um einander derart anzuziehen. Thomas' Finger gleiten in Zeitlupe Willows Wange hinab und plötzlich spürt sie einen kräftigen Windstoß in ihren Haaren.

Sie öffnet die Augen und ergreift sein Handgelenk.

»Nein.«

»Nein?«

»Ich will überhaupt nicht mehr streiten. Dieses ewige Hin und Her, das muss aufhören. Für immer.«

Thomas presst seine Lippen aufeinander und reißt seine Hand aus ihrem Griff. Er geht einen Schritt zurück.

»Es tut mir leid, was willst du denn noch von mir hören?«

Frustriert wirft Willow die Arme in die Luft.

»Ich will nichts von dir hören, ich will wissen, was du fühlst! Was dachtest du denn passiert jetzt?«

Thomas verschränkt die Hände hinter seinem Kopf und schaut zum Himmel. Den Blick im trüben Grau verloren, fragt er sich, wann es sich seine Frau eigentlich selbst zum Auftrag gemacht hat, ständig alles totzureden. Wieso steht sie ihrem gemeinsamen Glück nur so vehement im Weg?

Willow tritt einen Schritt hinaus auf die nasse Fußmatte.

»Wie soll es anders werden, wenn wir uns nicht ändern? Bist du die ständig gleichen Streitgespräche nicht auch leid? Dass wir jahrelang von der Zukunft sprechen und doch keinen Schritt vorwärtsgehen? Was hält dich davon ab, zur Abwechslung mal mit mir zu rennen, statt immer nur vor mir weg? Erklär es mir!«

»Wer hat mir denn die Laufschuhe hinterhergeworfen und wollte, dass ich gehe?«

»Du hörst mir einfach nicht zu! Und im Übrigen habe ich sie dir nicht hinterhergeworfen.«

Frustriert fährt sich Thomas durch die Haare.

»Du tust so, als würde ich nicht um dich kämpfen. Aber ich komme immer zurück, oder nicht? Bin ich etwa nicht hier?«

»Ja, du bist hier. Du bist körperlich anwesend, bravo! Und trotzdem schottest du dich emotional von mir ab, sobald wir aneinandergeraten. Du lässt mich nicht an dich ran. Und mit der Zeit hast du dich immer weiter von mir entfernt. Zentimeter für Zentimeter. Sobald wir uns wirklich näherkommen, nimmst du Reißaus.«

»Noch mal: Es tut mir leid«, antwortet Thomas verärgert.

»Dir fällt es schwer, dich verwundbar zu zeigen. Das verstehe ich. Aber nur weil du dich fühlst als seist –«

»Erklär du mir nicht, wie ich mich fühle«, unterbricht Thomas sie. Seine Augen schneiden sich scharf in ihre. »Es ist also wieder alles meine Schuld, ja?«

»Es geht hier nicht um Schuld. Ich würde dich ja gern besser verstehen, aber ich bin es so leid zu raten.«

Mit einem Mal scheint das Tageslicht an Kraft zu verlieren. Die anbrechende Dämmerung bringt eine Kälte mit sich, die sich langsam wabernd zwischen den beiden ausbreitet. »Es muss sich grundlegend etwas ändern –«

»Du meinst wohl ich muss mich ändern«, zischt Thomas.

»Versteh darunter, was du willst, aber das, was wir hier machen ... Ich kann diese Ehe so nicht mehr weiterführen. Ich brauche Zeit. Ich kann nicht immer auf dich warten, sondern muss jetzt in erster Linie meine eigenen Gedanken ordnen.«

»Wi, bitte ...«

Willow schüttelt den Kopf und reicht Thomas die Kekse. Sie ist die immer gleichen leeren Sätze leid. Entschuldigungen unter Puderzucker.

Er rupft die kleine Tüte aus ihrer Hand, dreht sich um und pfeffert sie mit einem kräftigen Wurf quer über den Vorgarten bis auf die Straße. Dort schlittert sie übers Kopfsteinpflaster und verschwindet im Nebel.

»Fuuuck!«, ruft er hinterher. Das weiße Wölkchen seines Atems hängt noch einen Moment lang in der Luft, bevor es sich auflöst.

Thomas kann nicht glauben, dass Willow ihn jetzt so vor den Kopf stößt. Er ist doch hergekommen, oder etwa nicht? Er ist doch hier und heute bereit für einen

Neuanfang, und jetzt spricht sie davon, nicht mehr mit ihm verheiratet sein zu wollen?

Langsam dreht er sich zu Willow um.

»Und wie stellst du dir das jetzt bitte vor? Was ist mit dem Haus? Unserem Haus?«

Hinter Willow klirrt etwas. Willow fühlt ein tiefes Verlangen nach Ruhe in ihr aufkommen. Nervös klimpert sie mit den Schlüsseln in ihrer Hand. Sie hatte diese Frage befürchtet. Aber es war ebenso ihr Zuhause wie seins.

»Ich brauche das Haus. Meine Patienten, ich –«

»Aha, du setzt mich also vor die Tür. Und wo soll ich hin? Was soll ich jetzt deiner Meinung nach machen?«, keift Thomas. Ein Muskel in seinem Kiefer zuckt.

»Das war doch für dich bisher auch nie ein Problem«, feuert Willow zurück. »Geh doch einfach dorthin, wo du immer abtauchst, wenn es dir hier zu anstrengend wird.«

Thomas schnaubt und läuft fahrig die Veranda auf und ab. Schließlich bleibt er wieder vor Willow stehen.

»Du sagst, du willst nicht mehr streiten, aber ich bin es nicht, der immer wieder auf den alten Themen herumreitet, das bist du. Das ist der Unterschied zwischen dir und mir: Du bist gefangen in deinem analytischen Modus, während ich nach vorn schauen will.« Er kommt näher. Sein Blick wird weich.

»Lass uns verreisen! Wir lassen einfach alles stehen und liegen und haben einfach eine gute Zeit. Wie früher. Ich möchte neu anfangen. Ein neues Uns.«

Wieder schüttelt Willow den Kopf. Endlich lösen sich die Tränen, die schon seit dem Moment fließen wollen, als Thomas ihre Wange berührt hat. Thomas' harte Gesichtskonturen werden unscharf. Sie kann nicht glauben, was sie da hört. Ist er wirklich so naiv? Die Worte bröckeln aus ihrem Mund, schaffen es gerade so über ihre Lippen.

»Wieso habe ich dich überhaupt geheiratet?«

Thomas spürt, wie sich seine Kehle zusammenschnürt. Er will seiner Frau sagen, was er fühlt. Will ihr erzählen von dem Chaos in ihm. Diesem unbequemen Gefühl der Unvollkommenheit, das er so hasst. Doch in diesem Moment scheint alles in ihm begraben.

Während seine Augen den Boden verzweifelt nach den passenden Worten absuchen, fährt Willow fort:

»Ich frage mich, wieso ich es nicht früher gesehen habe: Du bist gar nicht bereit, dich wirklich auf jemanden einzulassen.« Willow wischt sich die Wangen trocken. »Dabei sprachen wir doch beide von einer Familie. Das war doch immer unsere gemeinsame Vorstellung. Zumindest hast du mich das glauben lassen ...«

Sie betrachtet seinen Schlüsselbund in ihrer Hand. Thomas lässt die breiten Schultern hängen und schließt die Augen.

»Das mit der Mutter«, startet er mit kratzender Stimme einen letzten Versuch. Er räuspert sich. »Dass du keine gute Mutter wärst ... Ich habs nicht so gemeint.«

Als er seine Augen wieder öffnet, steht Willow direkt vor ihm. Sie hebt ihr Kinn und lächelt schwach. Langsam nimmt sie seine rechte Hand und legt ihm den Schlüsselbund hinein.

»Ich habe es satt, dass wir im Streit Dinge zueinander sagen und später so tun, als hätten wir sie nicht so gemeint.«

Sie wendet sich von ihm ab, geht zurück ins Haus und schließt die Tür hinter sich. Thomas blickt auf den leeren Ring an seinem Schlüsselbund.

20

Nächtelang schlüpft das Gespräch mit Thomas immer wieder in Willows Gedanken. Seine Stimme schießt ihr schmerzhaft ins Gedächtnis. Wortfetzen rauben ihr den Schlaf.

Glaubt er wirklich, ein paar Tage Südsee würden alles richten? Wenn diese Beziehung eine Zukunft haben sollte, durfte sie nicht länger in der Vergangenheit hängen bleiben.

Frustriert wälzt sich Willow unter der zu großen Decke in einem zu leeren Bett. Sie schiebt ihren müden Blick durch den schmalen Spalt zwischen den Vorhängen. Das Morgengrauen mischt ein milchiges Blau ins Schwarz der Nacht. Zeit, sich geschlagen zu geben.

Eine kurze Unterhaltung mit dem ebenso müden Briefträger später, schält sich Willow aus ihrem Mantel. Sie legt ihn über die Sessellehne und blättert mit ernstem Gesicht durch einen Stapel Post. Sie schlüpft aus ihren Stiefeln und lässt sie vor dem Kamin liegen, während sie einen dicken Briefumschlag nach dem anderen öffnet. Über ihr baumelt das ebenfalls schlaflose Gespenst am Kronleuchter.

»Guck mal!«, ruft es. »Mit nur einer Hand.«
Willow liest und antwortet nicht.

Tilgungssatzwechsel durch Erhöhung der Tilgungsrate.

»Und ohne Hand.«

Grundsteuerbescheid.

»Jetzt guck doch mal, Willoooow.«

»Was? Was? Was ist so dringend, dass es keine Sekunde warten kann?«, ruft sie wütend zur Decke hinauf. Das Gespenst fliegt bockig einen engen Kreis um den Kronleuchter und lässt die Kristalle klirren. Dann rauscht es steil zu Boden und verschwindet zischend unter der Couch.

Plötzlich schnellt der Geist durch die Küchentür ins Zimmer und bleibt direkt vor Willow in der Luft hängen.

»Jetzt krieg dich mal wieder ein!«, ruft sie empört. »Ich hab gerade wirklich keine Zeit, mich mit deinen Befindlichkeiten auseinanderzusetzen. Ich habe echte Probleme. *Menschen*probleme. Dinge, von denen du keine Ahnung hast.«

Der Geist lacht bitter.

»Aber sicher. Ich hab ja von nix 'ne Ahnung. Du vergisst schon wieder, dass ich auch mal ein Mensch war.«

»Trotzdem habe ich gerade größere Sorgen.«

Sie durchquert das Wohnzimmer mit schnellen Schritten, doch der Geist rauscht ihr hinterher.

»Manchmal hab ich euch Menschen echt satt!«, meckert er. »Kaum ist man nicht mehr atmungsaktiv, ist man nur noch das *gruselige Gespenst*. Hauptsache alles nach euren Maßstäben, und wer nicht in euer Bild passt, der wird ausgegrenzt.«

Willow bleibt abrupt stehen.

»Moment! Ich hab dich überhaupt nicht *ausgegrenzt*. Im Gegenteil, ich hab dich in meinem Bett schlafen lassen, verdammt noch mal.«

»Als bräuchte ich dafür deine Erlaubnis.« Das Gespenst lacht höhnisch und lässt sich dann auf dem obersten Treppenabsatz nieder. Willow funkelt wütend zu ihm hinauf.

»Das sagst du doch nur, um mich zu ärgern. Sei ehrlich: Hast du schon mal im Schlafzimmer übernachtet?«

»Nachts bin ich meistens unterwegs.«

»Das beantwortet nicht meine Frage.«

»Möglicherweise habe ich mich das ein oder andere Mal an deinem Fußende niedergelassen.«

Sofort bereut Willow mal wieder, eine Frage gestellt zu haben, deren Antwort sie eigentlich gar nicht hören will.

»Habe ich deswegen manchmal kalte Füße im Bett?«

Das Gespenst zuckt als Antwort nur mit den Schultern. Kopfschüttelnd geht sie in ihr Arbeitszimmer. Die Post landet klatschend auf dem Schreibtisch.

»Dein Mann hat seine kalten Füße aber nicht von mir«, raunt das Gespenst aus dem Flur.

»Sehr witzig.« Willow stellt sich ans Fenster, die Kälte der Scheiben kriecht ihr sofort bis in die Knochen. Sie dreht am Knauf der Heizung und die alten Rohre gluckern augenblicklich. »Es tut mir leid«, ruft sie über ihre Schulter. »Ich wollte es nicht an dir auslassen. Aber Mann, bist du schnell an die Decke gegangen. Wortwörtlich.

»Ich weiß«, gibt das Gespenst zu, das mittlerweile im Raum erschienen ist.

Willow dreht sich zu ihm um. Sie schauen einander an und ihre entschuldigenden Blicke umarmen sich in der Mitte des Zimmers. Ein Frösteln legt sich über Willows Schultern. Sie schüttelt sich und zieht die Ärmel ihres Pullovers bis zu ihren Fingerspitzen.

»Manchmal fehlt es mir«, haucht der Geist, als er sie dabei beobachtet. »Mein Fleisch und Blut.« Langsam schwebt er zu ihr heran. Sein Blick wandert von ihren Händen bis in ihr interessiertes Gesicht.

»Meine Augen waren schön, sagte man mir. Sagte Frau Mutter immer.« Das Gespenst wendet den Blick ab. »Ich kann mich nicht mal mehr an ihre Farbe erinnern.«

Willow setzt sich langsam auf den Sessel vor dem Fenster.

»Was ist passiert?«

Das Gespenst gleitet zum kleinen Tisch neben dem gegenüberliegenden Sessel. Still spielt es mit dem kleinen Notizblock. Blättert wortlos durch die leeren Seiten.

»Ich meine, wie bist du gestorben?«, versucht es Willow erneut.

»Ich weiß schon, was du meinst.« Das Gespenst stößt einen tiefen Seufzer aus, der Willow bis ins Mark und Bein vibriert. »Es ist nur nicht so leicht zu erklären«, fährt es fort.

»Versuchs doch mal«, ermutigt ihn Willow.

Ein Moment der Stille verstreicht.

»Ach, weißt du, eigentlich ist es doch ganz leicht zu erklären«, ruft das Gespenst schließlich. »Ich hab gelebt und eines Tages hat mein Körper meinen Geist aufgegeben und seither ...« Der Geist dreht sich einmal um die eigene Achse, wedelt mit seinem Laken hin und her und ruft: »Tadaa.«

Willow erhebt sich wieder vom Sessel.

»Also gut, wenn du mal ernsthaft drüber reden willst ...«, sagt sie, schnappt sich ihren Notizblock und geht zur Tür. »Du weißt, wo du mich findest.«

21

Als Willow ihr Handy zückt, um sich von der Nervosität des Wartens abzulenken, erreicht Thomas gerade die Straßenkreuzung gegenüber. Er bleibt an der roten Ampel stehen und entdeckt Willow am Eingang des Parks. Hoffentlich treibt sie ihn nicht wieder mit ihren endlosen Fragen in die Enge.

Eine garstige Windböe lässt seinen Mantel flattern und feiner Nieselregel durchsetzt die kalte Luft. Es ist das perfekte Wetter für einen ausgedehnten Spaziergang.

Die Ampel schaltet auf Grün, doch Thomas kann seine Füße nicht vom Bürgersteig lösen. Er ahnt, dass das jetzt kein Versöhnungsgespräch wird. Das Willow dazu nicht bereit ist. Noch nicht. Wieso sonst hat sie sich hier statt bei ihnen zu Hause treffen wollen. Aber vielleicht irrt er sich auch.

Er gibt sich einen Ruck und überquert die Straße. Mit jedem Schritt, dem er sich Willow nähert, spürt Thomas, wie sich seine Kehle zuschnürt. Er lockert den Schal um seinen Hals. Sein Räuspern lässt sie aufschauen. Sie steckt ihr Telefon ein und wartet, bis Thomas die letzten Meter zu ihr aufschließt.

»Danke, dass du gekommen bist«, sagt sie, als Thomas schließlich vor ihr stehenbleibt. Er vergräbt seine kalten Hände in den Manteltaschen und zuckt mit den Schultern. Reglos stehen die beiden einen Augenblick lang voreinander. Willows Herz klopft und sie fragt sich, wieso sie eigentlich so nervös ist. Es ist ja kein Blind Date. Oder vielleicht ist es das irgendwie doch. Sie deutet auf den matschigen Sandweg, der sich durch die Bäume in den Park hinein windet. »Sollen wir?«

»Du hast den Plan«, antwortet Thomas rau.

Ihre Winterschuhe sinken in den weichen Untergrund, als sie die belebte Straße hinter sich lassen. Sie folgen dem Weg hinein in die triste Oase. Willow nimmt einen tiefen Atemzug der nasskalten Luft und ruft sich die Worte ins Gedächtnis, die ihr in der Nacht zuvor den Schlaf geraubt haben.

»Zuallererst wollte ich mich bei dir dafür entschuldigen, dass ich dich rausgeworfen habe.« Willow betrachtet Thomas dabei, wie er mit starrem Blick seinen Schuhen beim Gehen zusieht. »Ich will, dass du verstehst, wie ernst es mir ist«, fährt sie fort. »Ich möchte, dass du das nicht als Schlussstrich von mir verstehst, aber ich brauche Abstand. Und wir beide brauchen Zeit, um unsere Themen aufzuarbeiten. Gemeinsam, aber auch jeder für sich. Ich habe mir

Gedanken gemacht und möchte dir jetzt einige Anregungen mitgeben.«

Mutig holt Willow ein Stück Papier aus der Manteltasche. Mit einem Seitenblick beobachtet Thomas, wie sie ihre Notizen entfaltet. *Fünf* Mal. Sie waren noch keine zwei Minuten gelaufen und schon hatte Willow es geschafft, fünf Mal das Wort *ich* auszusprechen.

»Du magst es als therapieren wahrnehmen, aber ich möchte trotzdem, dass du mich reden lässt und mir erstmal zuhörst.«

Sechs. Thomas hebt den Kopf und atmet einen Schwall weißen Nebels Richtung Himmel. Bemüht, sich seine Abneigung gegenüber ihres akademisch ausgearbeiteten Vortrags nicht gleich anmerken zu lassen.

»Ich kann dein Augenrollen förmlich hören«, bemerkt Willow, ohne von ihrem Blatt aufzusehen. »Ich habe dir immer klar heraus gesagt, wer ich bin und wer ich sein will. Was ich von meinem Leben erwarte. Aber ich möchte damit nochmal einsteigen, um sicherzustellen, dass wir beide die gleichen Informationen haben. Dass du mich und meine Werte verstehst, denn unsere Werte definieren die Möglichkeiten unserer Partnerschaft.«

Thomas bleibt abrupt stehen.

»Hörst du dich eigentlich selbst reden?«

Willows fragender Blick lässt in Thomas einen Groll aufsteigen. Sie versteht es einfach nicht.

»Hast du mich hierher bestellt, um mir wie eine Lehrerin aus dem Lexikon vorzutragen wie –«

»Lass mich bitte ausreden!«, schießt Willow dazwischen und lässt ihren Zettel sinken. »Das ist genau, was ich meine – lass mich doch bitte erst mal sagen, was ich zu sagen habe, bevor du wieder direkt in deine Abwehr gehst.«

»Da! Schon wieder.« Thomas zeigt mit dem Zeigefinger auf Willows Mund. »Du tust es schon wieder: ›Direkt in deine Abwehr.‹ Du stellst dich über mich mit deiner Bewertung von mir. Du denkst, ich merke nicht, dass dein Gerede von deinen Bedürfnissen von Halbsätzen trieft, die es eigentlich auf *mich* abgesehen haben. Wenn du glaubst, ich höre mir jetzt deinen Monolog über deine Werte an, die ich nebenbei bemerkt *natürlich* kenne, dann hast du dich geirrt.«

»Okay, dann lass uns über *dich* sprechen.« Willow knüllt den klammen Zettel in ihrer Hand zusammen, stopft ihn in ihre Manteltasche und breitet die Arme aus. »Ich bin ganz Ohr.«

»Hör zu«, rudert Thomas zurück, um zu verhindern, dass Willow in den Angriff übergeht. »Ich möchte doch eigentlich nur wieder Frieden schließen und ein guter Ehemann sein.«

»Aber siehst du das Problem daran?« Willow verschränkt ihre Arme und blickt in Thomas' müde Augen. »Das funktioniert so einfach nicht. Ich glaube dir, dass du ein guter Ehemann sein möchtest, aber das reicht nicht.« Thomas tritt auf der Stelle und sinkt tiefer in den Schlamm. Er schließt die Augen und reibt sich die Zornesfalten aus der Stirn. »Es reicht nicht, das zu sagen. Es reicht auch nicht, das zu wollen. Das ist zu abstrakt. Du musst doch wissen, was diese Beschreibung für dich *bedeutet*. Wie verhält sich ein *guter Ehemann* zum Beispiel? Wie definierst du das für dich selbst? Wo wir wieder beim Thema Werte wären. Gegensätzliche Werte lassen sich nicht in einer Ehe vereinen. Deshalb möchte ich alles auf einen Tisch packen und mit dir gemeinsam und ehrlich betrachten, wie diese ganzen Bausteine zusammenpassen. Ob.«

Das letzte Wort bleibt in der Luft hängen. Zwei kleine, kräftige Buchstaben. Eine Krähe wühlt im Laub, während eine in einen Puffermantel gehüllte Frau einen Hund über die feuchte, graue Wiese zerrt.

Thomas kratzt seine verstreuten Gedanken zusammen und versucht sein Bestes: »Ich möchte in einer glücklichen Ehe leben. Ohne Notizen für Gespräche. Ohne Druck und Erwartungen. Ohne geplanten Sex.«

Willow schießt Hitze in die Wangen. Ihr Blick fällt auf das nasse Herbstlaub unter ihren Füßen. Sie bohrt ihre Schuhe in den aufgeweichten Blätterteppich.

»Ich will Leichtigkeit und Leidenschaft«, fährt Thomas mit dünner Stimme fort. »Ich vermisse das. Ich vermisse das Uns von früher.«

»Das tue ich doch auch.«

»Es fühlt sich aber nicht so an. Schon lange nicht mehr. Du und ich sprechen verschiedene Sprachen. Vielleicht bist du einfach zu intelligent für mich, keine Ahnung. Aber ich möchte nicht ständig irgendwelche Dinge *aufarbeiten*. Ich möchte dich und mich wieder zusammen erleben. Wieso können wir nicht einfach wieder dahin zurück?«

Willow schluckt ihre Sehnsucht nach der glücklicheren Vergangenheit herunter. Schwer bahnt sie sich den Weg zu ihrem Magen. Aber weiter ewig darauf herumzukauen bringt nichts. Sie will nach vorn blicken und sich nicht mehr ständig von Thomas in die verklärte Vergangenheit ziehen lassen. Sie stehen nur einen Meter voneinander entfernt und doch wächst der Abstand zwischen ihnen mit jedem Atemzug.

»Wir kommen so nicht weiter. Ich denke, wir beide wissen, dass es so nicht funktioniert. Dass es nicht reicht.«

»Du meinst, dass *ich* nicht reiche!«, entgegnet Thomas gekränkt.

Willow schaut hinauf in seine grauen Augen und schüttelt den Kopf. Der feine Nieselregen sticht ihr ins Gesicht.

»Ich muss dich loslassen, um mich selbst nicht zu verlieren«, sagt sie und geht.

Willow lässt Thomas inmitten seines Schweigens zurück. Und augenblicklich fühlt sie sich leichter. Mit jedem ihrer Schritte fällt etwas von dem lähmenden Gewicht der letzten Tage und Wochen von ihr ab. Nur das schmatzende Geräusch ihrer Schuhe im Schlamm ist ihr dicht auf den Fersen.

22

»Er will das Haus! Dieser Mistkerl will *mein* Haus!«

In ihrem festen Griff knittert ein ernster Brief, als Willow vier Tage später telefonierend in der Küche auf und ab läuft. »Gerade eben per Einschreiben von seinem Anwalt.«

Sie wirft das Blatt Papier zu einem Haufen anderer auf den Tisch und wetzt ziellos durch den Raum.

»Wie hätte ich es denn kommen sehen sollen? Er weiß doch genau, wie sehr ich an dem Haus hänge.« Willow sackt auf einen der Küchenstühle. »Kannst du vorbeikommen?«, fragt sie und schaut auf ihre Armbanduhr. »Nein, ist schon okay. Bis später.«

Sie legt das Handy beiseite und vergräbt ihr Gesicht in den Händen.

»Zeig mir noch mal den Tilgungsplan«, verlangt Mel am selben Abend an genau diesem Küchentisch.

Sie sitzt Willow mit einem Laptop gegenüber und hat ihre Stirn konzentriert in Falten gelegt.

Willow zieht einen dicken Ordner über den Tisch zu sich heran und blättert darin.

»Hier.«

Sie schiebt ein mehrseitiges Dokument zu Mel, die damit hinter dem Monitor verschwindet. Willow lauscht dem Wispern ihrer Tastatur.

Auf keinen Fall wird sie Thomas das Haus überlassen! Er würde es vermutlich verkaufen, nicht zuletzt, um sie damit zu verletzen.

Ungeduldig trommeln ihre Finger auf dem Tisch. Mel wirft einen genervten Blick über den Rand des Computers und schiebt ihren To-Go-Becher über den Tisch in Willows unruhige Hände.

»Trink und lass mich rechnen.«

Willow nickt und nippt an der heißen Schokolade. Sie schmeckt nach Lebkuchen. Ihre Finger klammern sich an den warmen Becher, ihre Gedanken an die Hoffnung, nicht auch noch ihr Zuhause zu verlieren.

»Habe ich hier all deine Kapitalanlagen?«

Melanie deutet auf den schweren Aktenorder.

»Die Unterlagen müssten komplett sein, ja. Was denkst du – geht das auf?«

Wieder flüstert die Laptoptastatur.

»Gib mir noch ein paar Minuten«, murmelt Mel.

Plötzlich schwingt der Lichtschein auf dem Küchentisch hin und her. Die beiden schauen hinauf zur pendelnden Deckenlampe.

»Die Zugluft«, raunt Willow. »Ich geh kurz ein Fenster schließen, bin gleich wieder da.« Mit einer auffordernden Kopfbewegung verlässt sie die Küche. Kaum steht sie im Wohnzimmer, erscheint das Gespenst vor ihr.

»Was ist *Kredit*?«, fragt es sogleich.

»Bert, ich kann das gerade wirklich nicht gebrauchen«, flüstert sie. »Mir raucht der Kopf.«

Der Geist fliegt eine Runde um ihren Kopf herum.

»Das sagt man nur so«, zischt Willow genervt. »Bitte lass Mel und mich heute Abend in Ruhe, ja?«

»Stimmt was nicht? Ist was mit dem Haus? Müssen wir weg? Was heißt Forderungsverirgendwas?«

»Forderungsverkauf. Ja, es geht um das Haus. Aber es sind *meine* Probleme, nicht deine. Mir wird schon irgendeine Lösung einfallen, aber dafür musst *du* uns jetzt in Ruhe lassen.«

»Ich will doch nur wissen, was los ist.«

Das Gespenst verschränkt die Ärmchen. Probleme, die das Haus betreffen, sind sehr wohl auch seine Probleme! Verstimmt dreht es sich um und fliegt die Treppe hinauf.

Willow kehrt zurück in die mit Sorgen und Wut vollgestopfte Küche. Sie kämpft sich durch ihre Gefühle bis zur Sitzbank vor dem Fenster und lässt sich neben Mel nieder.

Warum muss das Gespenst ständig dazwischenfunken? Ist es zu viel verlangt, mal einen Abend lang in

Ruhe gelassen zu werden? Einen Abend, an dem Willow sich zur Abwechslung mal nicht um die Probleme anderer kümmern will und kann?

Endlich schiebt Mel den Laptop vor Willows Nase und zeigt ihr eine Tabelle.

»Ich hab alle Szenarien kalkuliert und geprüft, was finanziell Sinn ergibt und für dich machbar wäre. Du hast zwar in allen Varianten kaum Spielraum, aber rein rechnerisch würde es aufgehen.«

Willow hat Mühe, sich in der Fülle der Informationen zurechtzufinden. Ihre Augen folgen Mels Zeigefinger, der über den Bildschirm hin und her huscht. Beim Anblick dieser durchkalkulierten Version ihrer Zukunft spürt sie eine Schwere in sich einziehen. Zweifellos möchte sie ihr Zuhause nicht aufgeben. Ihren Praxisraum ebenso wenig. Aber die Aussicht, das alles allein stemmen zu müssen, ist gelinde gesagt furchterregend.

»Willie?«

Sie blickt vom Monitor auf und in Melanies dunkelbraune Augen. Ihre Freundin rückt näher an Willow heran und legt ihr den Arm um die Schulter.

»Ich hatte mir unsere Zukunft hier ausgemalt. Es sollte das erste Haus für uns als Familie sein.«

Mel nickt.

»Ich weiß.«

»Wegen ihm muss ich das alles aufgeben.«

»Immer mit der Ruhe. Ich vermittle dich an diesen super Anwalt, von dem ich dir erzählt habe. Du kannst zumindest das Haus behalten, wenn wir das Rechtliche geklärt bekommen und dem Finanzplan folgen. Es wird eine Herausforderung, aber nichts, dem du nicht gewachsen bist.«

Willow schaut ins Leere und sagt mehr zu sich selbst: »Dieser Mistkerl macht mir alles kaputt.«

Mel atmet laut aus, erhebt sich von der Sitzbank und steuert den Kühlschrank an. Willow wird Zeit brauchen, um sich an den Gedanken an eine neue Realität zu gewöhnen, geschweige denn, sich damit anzufreunden. Da hilft jetzt auch kein gutes Zureden. Da hilft nur Wein.

Nachdem Willow kurz vor Mitternacht die leeren Weingläser weggeräumt hat, schleppt sie sich die Treppenstufen hinauf. Mit jedem ihrer Schritte spürt sie die Mischung aus schweren Gedanken und Sauvignon blanc in ihr herumschwappen.

Oben angekommen, hält sie inne und späht durch den Türschlitz in Thomas' Arbeitszimmer. Die Tür öffnet sich knarzend und bittet sie hinein. Ein schmales Zimmer mit einem großen Fenster und genug Platz für einen Lebenstraum. Das hätte es werden sollen: das Kinderzimmer.

Die Vorstellung legt sich wie eine kalte Hand um Willows Kehle. Ein Babybett statt des langen Schreibtischs. Kinderlachen statt *Zoom*-Calls. Bunte Bilder an der Wand statt des großen Spiegels, in dem Willow ihr trauriges Gesicht kaum wiedererkennt.

Thomas hatte sich nach einem Büroraum umschauen wollen. Hatte dann aber das erste große Projekt an Land gezogen und seine Arbeitszeiten hatten sich ausgedehnt. Oft bis in die Nacht hinein. Dann war das nächste *wichtige* Projekt gekommen und dann das nächste und das nächste. Büroräume waren teuer. Von zu Hause arbeiten, um sich den Arbeitsweg zu sparen, natürlich praktischer. *Natürlich.*

Mit der Hand am Türgriff fragt sich Willow, ob er jemals vorgehabt hat, diesen Raum wirklich loszulassen. Hätte sie früher erkennen müssen, dass sie die Einzige in diesem Haus ist, die an einer Zukunft als Familie festgehalten hat? Dass er sie auch hiermit längst alleingelassen hat?

23

Zarte Schneeflocken segeln vom Nachthimmel herab, landen an der Fensterscheibe des Wohnzimmers und verwandeln sich dort zu kleinen Wassertröpfchen. Der Raum ist nahezu dunkel. Nur der schwache Schein einer Kerze flimmert über den kleinen Tisch vor der Couch, auf der Willow unter ihrer Kuscheldecke liegt. Der Laptop auf ihren Beinen taucht ihr Gesicht in blaues Licht.

Dicht über dem Boden vor dem Sofa dreht das Gespenst gelangweilt Kreise. Langsam schwebt es nur wenige Zentimeter über die vielen zerknüllten Taschentücher, die dort liegen. Dann beschleunigt es seinen Flug, sodass der entstandene Luftwirbel die Tücher mit hinauf in die Luft zieht. Kaum sind alle wieder sanft auf dem Teppich gelandet, saust das Gespenst erneut knapp über ihnen entlang und lässt sie hüpfen.

Willow schnaubt lautstark ins nächste Taschentuch und tippt dann lustlos auf der Tastatur herum. Ihre Glieder schmerzen, der Kopf brummt.

»Musst du so viel computern?«, fragt das Gespenst und dreht einen Looping.

»Diese E-Mail muss heute noch raus«, stöhnt Willow, lässt die Rotzfahne zu Boden fallen und angelt sich die dampfende Tasse Kinderpunsch vom Couchtisch. Schlürfend beobachtet sie, wie das kleine, weiße Wesen über ihrem Kopf seine Kreise zieht.

Merry fucking Christmas, tippt sie mit einer Hand.

Dann stellt sie die Tasse beiseite und reibt sich die Augen. Wenn doch nur diese Kopfschmerzen nicht wären.

Sie drückt dreiundzwanzig Mal die Löschen-Taste.

Ein herausforderndes Jahr geht zu Ende und die Feiertage geben uns die Möglichkeit, in Ruhe über die vergangenen Monate nachzudenken. Ich danke Ihnen für Ihre Offenheit und den Mut, sich immer wieder selbst zu begegnen. Die Bereitschaft, sich auf den Prozess der persönlichen Entwicklung und Heilung einzulassen, kostet Kraft. Ich ermutige Sie, sich nun bewusst Momente der Ruhe und Entspannung zu nehmen, um aufzutanken und sich mit sich selbst zu verbinden. Eines der einfachsten und schönsten Geschenke, das Sie sich selbst machen können, ist ein Tag der Selbstfürsorge.

Ich wünsche Ihnen und Ihren Liebsten eine friedliche Weihnachtszeit und ein gesundes neues Jahr. Bitte zögern Sie nicht, sich zu melden, wenn Sie das Bedürfnis nach einem Gespräch haben.

»Mit freundlichen Grüßen … Empfängerliste … und senden.« Willow klappt den Laptop zu. »Feierabend.«

»Hurra!«

Sofort kommt das Gespenst zur Couch geflogen und macht es sich auf der Rückenlehne bequem. Willow schiebt den Laptop unter das Sofa und sucht nach der Fernbedienung für den Fernseher, als plötzlich ihr Handy auf dem Couchtisch klingelt.

»Oh«, sagt Willow und schaut zum Geist. »Tut mir leid – noch einen Moment …«.

Sie greift nach dem Telefon und drückt den grünen Knopf. Auf dem kleinen Bildschirm erscheint eine Frau mit raspelkurzem, grauem Haar. Sie blickt über den Rand einer dickgerahmten Brille und setzt ein breites Lächeln auf.

»Hallo, mein Schatz, ich hoffe wir stören nicht. *Ich* hätte ja erst später angerufen, aber dein Vater wollte dir unbedingt *jetzt* den Baum zeigen.«

»Hallo, Mama, schon okay«, antwortet Willow und zupft sich ein neues Taschentuch aus der Box. »Frohe Weihnachten!«

»Fröhliche Weihnachten«, flötet ihre Mutter, bevor ihr das Telefon offenbar aus der Hand genommen wird. Willow schnäuzt sich lautstark, während sie auf dem Bildschirm eine Handinnenfläche betrachtet. Die Stimme ihres Vaters erklingt gedämpft:

»Hallo, hallo und frohe Weihnachten, meine Große. Ich zeig dir mal, wie schön Lilo geholfen hat.« Ein deckenhoher Weihnachtsbaum schiebt sich schief ins Bild. In seinem unteren Drittel hängen zahlreiche Lametta-Klumpen in den dunkelgrünen Nadeln. »Siehst du? Ist doch ganz prächtig geworden.«

»Ist Lametta wieder in?«, fragt Willow, mehr sich selbst.

»Lilo hat es sich gewünscht«, ruft die Mutter von irgendwo herüber. »Sag mal hallo zu Tante Willow.«

Ein kleines Mädchen hüpft vor die Kamera. Es hält mit einer Hand einen Haufen Lametta auf seinem Kopf fest und winkt.

»Hi, Lilo.«

Lächelnd winkt Willow zurück. Es gibt ein kurzes Gerangel um das Telefon, dann erscheint ihre Mutter wieder.

»Brauchst du etwas?«

Sofort richtet sich Willow auf und versucht, gesünder auszusehen.

»Nein, danke. Was macht das Baby?«

»Macht mit seiner Mama im Gästezimmer ein Nickerchen.«

»Und wo ist mein Bruderherz?«

»In der Küche. Er und Oma kratzen die schwarzen Stellen vom Braten. Wie geht es dir denn? Lilo, Schatz, pass bitte auf mit der Kugel. Wenn die runterfällt, geht sie kaputt.«

»Grüß bitte alle von mir. Ich ruf Oma die Tage an.«

»Ja, mach das, da wird sie sich freuen. Ulrich, guckst du bitte mal nach Lilo?! Hast du Fieber gemessen? Wirst du gut umsorgt?«

Willow spürt einen spitzen Stich in der Magengrube.

»Mir gehts gar nicht so schlecht, ihr sollt euch ja nur nicht anstecken.«

»Trinkst du genug?«

»Allerdings.«

Plötzlich wird das Telefon erneut weitergegeben. Neben Willow stöhnt das Gespenst auf.

»Bist du bald fertig?«, quengelt es ungeduldig.

»Gleich«, flüstert Willow, als schließlich das bärtige Gesicht ihres Vaters auf dem Bildschirm erscheint. Er trägt eine Weihnachtsmütze und einen dicken Strickpullover.

»Deine Mutter muss sich kurz um ihr Enkelkind kümmern.«

Er setzt sich eine schmale Lesebrille auf die Nase und schaut mit großen Augen auf das Handy. Einen Moment lang lauschen beide den Geräuschen des Weihnachtsabends in ihrem Elternhaus. Im Hintergrund ruft die Mutter etwas. Lilos sprudelndes Lachen erklingt. Nicht dabei zu sein tut weh.

Dann räuspert sich ihr Vater und wünscht ein zweites Mal: »Frohe Weihnachten!«

»Euch auch frohe Weihnachten. Einen schönen Baum habt ihr.«

»Deine Mutter sagt, du wirst ihn ja sehen, wenn du demnächst vorbeikommst.«

»Sobald ich gesund bin, ja.«

»Gut, gut, dann kurier dich mal schön aus und wir hören bald wieder voneinander.«

»Mach ich.«

»Ach, und Grüße an deinen Ehemann.«

»Richte ich aus. Bis bald.«

Der Geist schaut Willow fragend an. Sie winkt ab und setzt für ihren Vater wieder ein Lächeln auf. Ihre Neuigkeiten haben beim Fest der Liebe nun wirklich nichts zu suchen. Willow will ihrer Familie erst nach den Feiertagen die Situation mit Thomas erklären. Spätestens nächstes Jahr. Im Januar. Oder im Frühling. Spätestens.

»Frohe Weihnachten.«

»Frohe Weihnachten.«

Willow beendet das Telefonat und wischt auf ihrem Handy herum.

»Gehts jetzt endlich looos?«, jammert das Gespenst und rutscht theatralisch die Couch hinab zum Boden.

»Nur noch die Sprachnachricht von Mel, ja? Ganz kurz!«

»Hey, Rudolph, ich wünsche dir einen schönen Kitschfilm-Marathon. Hier gibt es gleich Essen und meine Mutter wird es garantiert wieder persönlich nehmen, dass ich es auch dieses Jahr wage, an Weihnachten Veganerin zu sein. Das vierte Jahr in Folge. Ich hätte jedenfalls gerade nichts gegen einen Abend allein auf der Couch einzuwenden. Ich hoffe, es geht dir genauso. Dann werd mal schön gesund und denk dran, um meine Silvester-Party kommst du nicht drumrum!«

Schnell tippt Willow noch auf die zweite Sprachnachricht darunter.

»Mutter sagt, ich soll dir gesegnete Weihnachten wünschen. Also: Happy Christmas et cetera pp.«

Schmunzelnd legt Willow ihr Handy beiseite. Sie schaut auf das eingeschnappte Gespenst und zupft ein Taschentuch aus der Pappbox.

»Hey«, sagt sie und wirft es in die Luft. Augenblicklich hebt das Gespenst vom Boden ab und wirbelt um das Taschentuch herum. Es verlangsamt seinen Flug und tanzt langsam mit dem Tuch hinab. Nach einigen schwebenden Umdrehungen landen sie sanft auf dem Boden.

Willow findet in der Couchritze die Fernbedienung.

»Bereit?«

»Du bist doch hier die ganze Zeit am Quatschen. Ich bin seit Jahren bereit«, mosert das Gespenst und fliegt zurück auf die Couch. Willow scrollt auf dem Fernseher durch das Filmangebot. Sie klickt auf eines der Cover, auf dem eine Frau und ein Mann in dicken Strickpullovern dämlich in ihre dampfenden Kakaotassen grinsen.

»Ich drücke Play.«

Willow lehnt sich zurück in die dicken Kissen der Couch. Bereit, sich von der seichten Unterhaltung ins nächste Schläfchen lullen zu lassen. Das Gespenst streckt sich derweil auf der Rückenlehne aus und schaut gebannt auf den Fernseher. Fröhliche Weihnachtsmusik erklingt und ein bunt geschmückter Weihnachtsbaum erscheint auf dem Bildschirm, unter dem sich unzählige Geschenke stapeln. Das Gespenst zuckt zusammen.

»Schreck lass nach!«

»Was ist?« Überrascht schaut Willow dem weißen Geschöpf hinterher, das geradewegs durch die Wand davonrauscht. »Was zum …«

Sie pausiert den Film. Da schlüpft der Geist auch schon an der gleichen Stelle durch die Wand zurück ins Wohnzimmer.

»Komm mit, komm mit! Ich hätte es fast vergessen, ich zerstreuter Geist.« Mit einem breiten Lächeln schwebt er herbei und wedelt mit den Ärmchen. »Komm, komm!«

»Och nö, wohin denn?«

Willow zieht sich ihre Kuscheldecke bis unters Kinn.

»Ich muss dir was zeigen! Koooomm!«

»Ich bin krank, ich muss mich ausruhen.«

»Bitte!«, fleht das Gespenst und zupft an ihrer Decke.

»Na schön.«

Willow schlägt die Decke zurück und schlüpft missmutig in ihre plüschigen Hausschuhe.

»Wenn Sie mir bitte folgen würden«, zwitschert das Gespenst mit einer Verneigung und saust durch die offene Tür in die Küche. Willow schlurft mit pochendem Schädel in den dunklen Raum hinterher und ertastet den Lichtschalter. Blinzelnd steht sie in ihrer Küche.

»Okay, ich bin hier. Und nun?«

»Nun zeige ich dir mein Weihnachtsgeschenk«, sagt das Gespenst feierlich.

»Mein Weihnachtsgeschenk?« Willow spürt ihre Wangen erröten. »Du hast ein Geschenk für mich?«

»Jep.«

»Wo ... ist es denn?«

Der Geist schwebt freudig zappelnd ans Fenster und winkt Willow näher heran. Als sie direkt vor ihm steht, schwingt er zur Seite und gibt eine ungetrübte Sicht auf das Fensterbrett frei.

»Tadaa.«

Willow tritt näher und betrachtet den kleinen Keramiktopf, in dem seit Monaten das vertrocknete Basilikum kauert. Sie blickt zum Gespenst und lächelt unsicher.

»Was genau schauen wir uns gerade an?«

»Dein Geschenk«, trällert der Geist und zeigt auf die traurigste Pflanze der Welt.

»Ähm, die steht da doch schon seit dem Sommer, wie du neulich selbst bemerkt hast. Ich weiß nicht was du –«

»Guck doch mal hin, Mensch!« Willow schiebt ihre Hausschuhe über die Fliesen und beugt sich über die knusprig braunen Blätter. Darunter entdeckt sie zwei winzige grüne Blättchen. Das Gespenst lächelt mit stolzgeschwellter Brust. »Na, was sagst du jetzt?«

Willow lehnt sich gegen das Fensterbrett.

»Das ist ganz prima. Und das ist dein Geschenk, weil ...?«

Das Gespenst guckt verdutzt.

»Na, weil ich wochenlang daran gearbeitet habe!?«

»Okaaay?«

»Im Ernst. Kein Essig. Kein runterschubsen. Kein nix. Wo-chen-lang!«

»Oh. Okay.«

Das Gespenst schaut in Willows unbeeindrucktes Gesicht.

»Es gefällt dir nicht«, jault es und sackt neben dem Blumentopf auf den Fenstersims zu einem kleinen Haufen zusammen. Verblüfft beugt sich Willow zu ihm hinab. Offenbar hat sie die Wichtigkeit dieses Geschenks vollkommen falsch eingeschätzt.

»Doch, total. Ich habe es nur nicht gleich verstanden. Das ist wirklich ganz doll lieb von dir«, beteuert sie und setzt ein entschuldigendes Lächeln auf. »Dankeschön.«

»Das war richtig schwierig für mich, weißt du?«, murmelt das Gespenst und schaut auf den Küchenboden. »Meine Finger davon zu lassen ...«

»Ich weiß, ich weiß und es tut mir leid, dass ich das nicht sofort verstanden habe.«

Der Stuhl schabt über den Boden, als Willow ihn zu sich heranzieht, um sich zu setzen. Sie stupst das Gespenst an. Oder zumindest schiebt sie ihren Finger in den kleinen, nebligen Ball, dessen dunkle Augen noch immer bedröppelt dreinblicken.

»Danke. Ich freue mich sehr über dein Geschenk.«

Der Geist hebt seine Kulleraugen.

»Wirklich?«

»Wirklich sehr!«

Sein schmaler Mund wird zu einem breiten Lächeln. Willow lehnt sich zurück.

»Jetzt komme ich mir richtig doof vor, weil ich dir gar nichts geschenkt habe.«

Das Gespenst winkt ab und wirbelt in die Luft.

»Ich hab doch alles, was ich brauche«, sagt es und hängt sich an die Deckenlampe. Es schaukelt vor und zurück, sodass das Licht im Raum umher schwingt.

»Wollen wir jetzt den Film gucken?«, fragt Willow.

»Jep«, ruft das Gespenst und verschwindet in der Glühbirne, die augenblicklich erlischt. Willow tastet sich zurück ins Wohnzimmer und legt sich auf die Couch. Sie vergräbt ihre Füße wieder unter der Decke. Als sie die Fernbedienung zur Hand nimmt, hält sie kurz inne.

»Heh!«, protestiert das Gespenst, als der Fernseher statt des Films plötzlich wieder das Hauptmenu anzeigt.

»Weißt du was?« Willow tippt einen Filmtitel in die Suchleiste und wählt ein neues Cover aus einer Liste an Filmen. »Ich will dir auch was zeigen.«

»Was denn?«

»Eine Weihnachtsgeschichte, die dir gefallen könnte. Sie handelt von drei Geistern.«

24

Traurig baumelt eine Reihe dunkelroter Maschen an der Stricknadel. Keine davon gleicht der anderen. Willow zerrt einen Wollfaden aus dem Knäuel, das neben ihr auf dem Sessel liegt, und flucht leise. Ihre Füße wärmen sich am knisternden Kamin.

Als sie sich zum Couchtisch beugt, um nach ihrer Tasse zu greifen, fällt das Wollknäuel vom Sessel und flieht unter das Sofa. Die mühsam gestrickten Maschen lösen sich erleichtert auf.

Okay, das wars, ich gebe auf, entscheidet Willow und legt die Stricknadeln auf den Tisch. Stattdessen nimmt sie nun die dampfende Tasse Punsch in beide Hände.

Die Erkältung überstanden, kann sie die restlichen freien Tage endlich genießen. Niemand, der etwas von ihr will. Alle zwischen den Jahren untergetaucht. Und anders als erwartet, genießt Willow die Zeit für sich allein.

Sie lehnt sich im Sessel zurück, als das Wollknäuel wieder unter der Couch hervorkullert. Fast allein.

»Was machst du da?«

Das Gespenst kommt ebenfalls aus dem Schatten des Sofas gekugelt.

Willow kickt das Wollknäuel zurück in seine Richtung.

»Ich strickte. Präteritum.«

»Was sollte es werden?«

»Weiß ich mittlerweile auch nicht mehr.« Die beiden kichern. »Hat Mel mir empfohlen. Sie sagt, stricken sei so meditativ, aber mich regt es einfach nur auf.«

Das Gespenst spielt mit dem Wollknäuel am Boden, während Willow in den Kamin schaut. Stumm hängt ihr Blick in den Flammen. Am liebsten würde sie die Zeit anhalten. Das nächste Jahr weiter in die Zukunft schieben.

Vom Wollknäuel gelangweilt, setzt sich das Gespenst mitten ins Feuer.

»Merkwürdig, dass sich die Menschen seit Jahrhunderten schon mit Wolle ihre Zeit vertreiben«, sagt es und betrachtet die zuckenden Schatten auf den alten Holzdielen vor dem Kamin.

»Und was ist mit dir?«, beginnt Willow nach einer Weile. »Vertreibst du dir hier auch nur die Zeit? Also ich meine nicht jetzt und hier, ich meine die vielen Jahre?«

Das Gespenst legt den Kopf schief. Winzige Rußpartikel schweben in seinem Gesicht wie Sommersprossen.

»Ich weiß gar nicht, ob diese Frage so Sinn ergibt, aber hast du Kontakt zu deiner Familie?«, fragt sie das

Feuer. Das milchige Wesen in den Flammen schüttelt den Kopf.

»Das ist nicht so einfach mit Seelenverwandten. Es ist generell kompliziert, sich mit jemand Bestimmtem zu verabreden. Die allermeisten gehen sowieso gleich weiter, da sagt man vielleicht kurz ›Hallo‹ und ›Reise wohl‹ und das wars dann auch. Erst wenn alle dort sind, sieht man sich wieder. Wo auch immer das sein soll.«

Willow nickt, obwohl sie nicht ganz versteht, was sie da hört. Wie muss man sich diese Reise ins Jenseits vorstellen? Wie kann man in der Welt der Lebenden verweilen, ohne selbst am Leben zu sein? Wie landet man in dieser Zwischenebene in der Mitte von Leben und Tod? Und kann man das als lebendiger Mensch überhaupt verstehen? Muss man das überhaupt, oder ist es vielleicht wichtiger, Bert dabei zu helfen selbst zu verstehen, wieso er gerade da ist, wo er ist?

»Warum bist *du* nicht weitergereist?«

Das Gespenst löst sich aus dem Feuer und schüttelt sich den Ruß vom Leib. Dann fliegt es dampfend auf den Teppich. Oft genug hat es Therapiesitzungen belauscht, um zu wissen, was nun folgt. Es kennt Willows messerscharfe Fragen, mit denen sie ihren Patienten so gern auf den Zahn fühlt. Auch bei ihm wird sie jetzt keine Ruhe geben. Wieso haben Menschen immer diesen Drang, alles verstehen zu müssen?

»Wieso ich noch hier bin? Darüber habe ich die letzten Jahrzehnte auch nachgedacht.«

»Und mit welchem Ergebnis?«

»Keine Ahnung.«

»Du weißt es nicht?«

Willow zieht eine Augenbraue hoch. Sie kann sich den skeptischen Blick nicht verkneifen.

»Ich weiß es nicht. Oder ich bin mir zumindest nicht sicher.«

»Also hast du eine Idee?«, bohrt sie nach und taucht in ihr Element.

»Möglich«, gibt das Gespenst zu.

Es streckt sich auf dem Boden aus.

»Möchtest du mir davon erzählen?« Der Geist grummelt. »Na, komm schon, wir sind hier unter uns. Nur du und deine schrecklich neugierige Untermieterin.« Stumm starrt das Gespenst ins Feuer. »Ist es denn so, wie es in den Filmen immer heißt?«, fragt Willow. »Dass jeder Geist noch unerledigte Dinge hat? Dass die Seele erst ins Jenseits gehen kann, sobald alles geklärt ist?«

»Tja, das wüsste ich auch gern. Man kriegt ja kein Handbuch oder so. Es gibt keinen Death-Coach, der einem erklärt, wie man erfolgreich endgültig stirbt.«

Willow versteckt ein Schmunzeln in ihrer Tasse.

»Irgendwas hab ich offenbar verkehrt gemacht«, fährt das Gespenst fort. Und Willow wird wieder ernst.

»Bist du ... falsch abgebogen oder so?«, provoziert sie.

»Hach, ich vermisse die Katze. Mit der konnte ich sinnvolle Gespräche führen«, stöhnt der Geist und dreht sich auf den Bauch.

»Ich versuchs ja nur zu verstehen.«

»Glaub mir, da gibt es nichts zu verstehen. Manche Menschen sind halt zu blöd, um richtig zu sterben. So einfach ist das.«

»Und wo, denkst du, hast du diesen Glaubenssatz her?«

»Jetzt geht das mit dem Glauben wieder los.«

Das Gespenst steigt in die Luft und schwebt zur Couch. Es legt sich waagerecht hin und schaut zur Decke. Es erinnert sich daran, dass es all die Jahre auch ohne Hilfe prima zurechtgekommen ist.

Möglichst lautlos steht Willow auf, richtet ihren Sessel auf die Couch aus und setzt sich wieder.

»Wir könnten gemeinsam daran arbeiten, dass du deine Realität veränderst«, bietet sie an.

»Arbeiten? An meinem Tod?«

Lebende ...

Willow versucht es weiter.

»Willst du denn gar nicht wissen, wie es für die anderen weiterging? Wo es für *dich* hingehen kann?« Das Gespenst überlegt, wiegt den Kopf erst in die eine, dann in die andere Richtung. »Wenn du meine Einschätzung wissen willst ...« Wieder seufzt das Gespenst, aber erwidert nichts. »Es deutet sich für mich an, dass ein bestimmtes Thema dich davon abhält zu gehen. Vielleicht eine Verbindung aus deinem früheren Leben, von der du dich noch nicht lösen kannst. Offenbar bist du noch nicht bereit.«

»Bereit für was?«

»Einen Abschied für immer?«

»Wovon sollte ich mich denn groß verabschieden? Klar, das ist ein stattliches Haus und Grugolf in der Nummer sieben ist ein angenehmer Zeitgenosse.«

»Gru – in der Nummer sieben? Bei Herrn Walter?«

»Es ist sein Ururur, urgroßvater.« Das Gespenst schaut zu Willow. »Aber sag bloß niemandem, dass ich dir das verraten habe. Er ist eine störrische Seele und möchte unentdeckt bleiben.«

Willow schüttelt den Kopf, um den Gedanken eines weiteren Geists in ihrer Straße schleunigst wieder loszuwerden. Sich mit der verlorenen Seele direkt vor ihrer Nase zu befassen, reicht fürs Erste.

»Wenn es nicht der Abschied ist, der dir schwerfällt, ist es vielleicht die Angst, die dich zurückhält.

Angst vor einem Neuanfang. Vor dem Ungewissen, dem du dich nicht stellen möchtest ...« Grübelnd nippt sie an ihrem Getränk. »Wie fühlst du dich, seit du dieses Haus bewohnst?«

»Ich fühle nichts, ich bin doch ein Gespenst!«

»Das stimmt doch aber nicht! Du lachst, du wirfst Teller und empfindest Freude dabei. Du bist sauer auf mich. Das sind Gefühle.«

»Hm!« Das Gespenst verschränkt die Arme vor der Brust. »Fürwahr.«

Die Menschenfrau ist fast so eine gute Gesprächspartnerin wie die Katze.

»Als du hier angekommen bist, wie hat sich das angefühlt? Versuch, dich in diese Zeit zurückzuversetzen.«

Das Gespenst schließt die Augen.

»Was fühlst du?«

»Ich fühle mich frei.«

»Freiheit. Was noch?«

»Zu Hause.«

»Es fühlt sich an wie zu Hause. Okay. Und kennst du dieses Gefühl noch aus einer anderen Zeit?«

»Ich denke nicht«, murmelt der Geist.

»Weißt du, *denken* hilft in solchen Situationen meist nicht weiter. Versuch dich eher auf deinen ... auf dein Inneres zu konzentrieren. Welche Gefühle kommen in dir auf? Was verbindest du mit deinem Begriff von zu Hause?« Willow wartet auf eine Reaktion. Das Gespenst regt sich keinen Zentimeter. Wie eingefroren schwebt es knapp über der Couch. Sie gönnt ihm die Denkpause, bevor sie weiterspricht. »Sind es die Verbindungen zu den Menschen in diesem Haus, die es für dich zu einem Zuhause machen?«

»Manchmal glaube ich, ich wäre glücklicher, wenn niemand hier wohnen würde.«

Interessant, denkt Willow. Das hört sich tatsächlich so an, als handelt es sich hier weniger um Trennungsangst, sondern mehr um Konfrontationsvermeidung.

»Ist das schlimm?«, fragt das Gespenst. Von Willows Schweigen verunsichert schaut es zu ihr herüber.

»Nein. Versuch nicht jeden Gedanken gleich zu bewerten. Ist es dieses Gefühl der Freiheit, von dem du gesprochen hast? Verspürst du es eher, wenn du allein bist?« Ein Schulterzucken. »Was will dieses Gefühl dir sagen?«

»Ich weiß es doch auch nicht.« Das Gespenst setzt sich auf. »Ich hab nichts dagegen, wenn Menschen hier wohnen«, murmelt es. »Das bringt schließlich Leben in die Bude. Aber am schönsten ist es nun mal nachts, wenn alle schlafen. Wenn die Heizung gluckert und die Mäuse rascheln und der Wind leise pfeift. Wenn ich machen kann, was ich will.«

Willow hat den Eindruck, dass das Gespenst *ständig* tut, was es will und dass es ihm sehr wohl gefällt, dabei Publikum zu haben. Aber das behält sie in diesem Moment lieber für sich.

»Ich hab mich hier einfach richtig gut eingespukt. Hier erwartet keiner etwas von mir. Hier habe ich meine Ruhe.«

»Wer hat früher etwas von dir erwartet?«, fragt Willow ruhig.

»Niemand ...«, piepst das Gespenst, legt sein Gesicht auf die durchsichtigen Arme und formt sich zu einer Kugel. Schon blitzen die Erinnerungen an sein weit entferntes Leben in ihm auf. »Mein Vater, meine Mutter«, fährt der schwebende Ball fort. »Meine drei jüngeren Schwestern«

»Was haben sie von dir erwartet?«

»Du verstehst das nicht. Ohne Vater hatte Mutter doch nur mich, um alle durchzubringen. Ich hätte sie niemals allein lassen dürfen.«

»Was genau meinst du, wenn du von allein lassen sprichst?«

Das Gespenst hebt den Blick. Plötzlich erzürnt, weil Willow ihm die alten Schmerzen wieder aufzwingt.

»Allein eben. Ich habe alles zerstört. Habe alles kaputt gemacht, bin gegangen und habe sie im Stich gelassen.«

»Wohin bist du gegangen?«

»Aus dem Leben«, antwortet der Geist mit zittriger Stimme. Willow schluckt. »Nachdem Vater gegangen war, lag es an mir, mich um unseren Hunger zu kümmern. Frau Mutter hatte doch keine Hilfe für die Kleinen – sie brauchte einen Mann im Haus. Du verstehst das nicht, es war eine andere Zeit. Sie haben sich auf mich verlassen. Aber niemand wollte mich gut bezahlen. Kleiner als alle anderen auf dem Feld, arbeitete ich am längsten und brachte trotzdem am wenigsten Ernte ein. Auf dem Weg nach Hause pflückte ich Gänseblümchen. Meine Schwester sollten das Lachen nicht verlernen, so wie Mutter es getan hatte. Der Abschied vom Sommer war hart. Im Winter lebten wir von Kartoffeln. Ich ernährte mich hauptsächlich vom Klang des Lachens in unserem Haus. Aber es wurde weniger. Jeden Tag hackte ich im Garten Feuerholz. Jeden Tag wurde die Axt schwerer. Sie war so schwer, Willow.«

Der Geist vibriert. Flackert, als stünde er unter Strom. Als er Willows Blick auf sich bemerkt, rollt er sich zusammen.

»Ich habe mir solche Mühe gegeben. Die Nächte waren kalt und lang und ich wollte, dass wir es gemütlich haben. Ein Feuer, das unsere Seelen wärmt. Den Ofen extra voll. Ich wollte doch nicht, dass so etwas Schreckliches passiert.«

»Was ist passiert?«

»Das Feuer ... Es ging alles so schnell. Ich habe alles kaputt gemacht. Wegen mir haben sie das Haus verloren. Ich wollte das nicht, ich wollte nicht gehen.«

Willow geht zur Couch und hockt sich vor den schwebenden, weißen Ball. Es war die wohl jüngste Seele, mit der sie es jemals zu tun gehabt hatte.

»Das glaube ich dir«, sagt sie sanft. »Was ist mit ihnen geschehen?« Das Gespenst antwortet nicht. »Bist du deswegen noch hier? Hast du Angst, deiner Familie wieder zu begegnen?«

Die dunklen Augen des Gespensts weiten sich. Zwei schwarze Löcher, unendlich tief. In diesem Moment formt sich zum ersten Mal ein furchterregender Gedanke. Er bekommt scharfe Kanten, spitze Ecken und einen klaren Umriss. Und zum ersten Mal lässt der Geist diesen Gedanken, diese Wahrheit zu: Es hat keine Angst vor dem Tod. Es hat Angst vor der Enttäuschung seiner Familie.

25

Ein stürmischer Wind jagt bereits seit Stunden durch die dunklen Straßen. Zornig treibt er den dicht fallenden Schnee vor sich her. Eine einsame Gestalt stapft durch diese weiße Wut. Angezogen von dem Haus, aus dem ein schmaler Streifen warmen Lichts fließt. Zwischen schweren Vorhängen rinnt es hinaus auf die Veranda und tropft auf das schneebedeckte Stück Rasen.

Die Schultern bis zu den Ohren gezogen und ein kleines braunes Päckchen fest an seine Brust gedrückt, marschiert Thomas durch den verschneiten Vorgarten. Schritt für Schritt beißen sich seine Stiefel in den knöchelhohen Schnee. Mit jedem Meter, dem er sich dem Haus, *seinem* Haus, nähert, scheint der Wind stärker zu wüten. Er stemmt sich gegen die peitschenden Böen, sein langer Mantel hält die klirrende Kälte kaum ab, die ihm vom Haus entgegenweht. Waagerecht sticht ihm der Schnee ins Gesicht, als er blinzelnd versucht, die kleine Treppe zur Veranda zu erkennen. Mit festen Schritten erklimmt er die rutschigen Stufen. Oben angekommen, nimmt er einen angespannten Atemzug. Seine kalten Finger ruhen auf dem kleinen, runden Klingelknopf. Ihr Name auf dem Schildchen darüber.

Nur ihr Name.

Plötzlich wird Thomas verschluckt. Von einer sich schlagartig ausbreitenden Leere, die er in sich aufkommen spürt. Binnen weniger Sekunden hat sie all seine Worte verschlungen. Seinen Mut erstickt. Die Nacht verfinstert. Das Haus schweigt, während draußen Sturm und Traurigkeit aufeinanderprallen.

Er wollte sprechen. Es noch einmal versuchen. Aber augenblicklich weiß er nicht mehr, was er eigentlich fühlt. Was er fühlen *soll*. Egal, was er tut oder sagt, am Ende wäre es für Willow ja doch wieder nicht genug.

Der Wind krallt sich in Thomas' Haare und zieht ihn zurück in die Nacht. Neben der Haustür bleibt das kleine Päckchen im Schneegestöber zurück. Den Kragen seines Mantels als Schutz gegen die eisige Luft nach oben schlagend, lässt er das Haus hinter sich. Den Ort, von dem er dachte, er würde den Träumen seiner Frau gerecht werden und sie beide glücklich machen. Auf halbem Weg zur Straße dreht er sich ein letztes Mal um. In diesem Moment schließt sich der Vorhang vor dem Fenster komplett und zieht auch den letzten Funken Wärme aus der Dunkelheit.

Thomas spürt einen heißen Schmerz auf seiner Haut, als ihm der Wind eine Träne aus dem Auge zerrt. Es ist die erste von vielen, die in dieser Nacht folgen werden.

Das Gespenst liegt auf der Couch und studiert die Kristalltropfen des Kronleuchters, in denen sich die Flammen des Kaminfeuers spiegeln. Der Wind pfeift durch alle Ritzen des Hauses und lässt das Feuer zittern.

Willow sitzt auf dem Boden, nah an der Seite des Gespensts.

»Es tut mir leid, was dir widerfahren ist und dass du dich so sehr mit deiner vermeintlichen Schuld identifizierst. Das ist verständlich. Und glaub mir – in jeder Familie gibt es unausgesprochene oder explizite Erwartungshaltungen, mit denen wir umzugehen lernen müssen. Auch wenn ich nicht aus deiner Zeit stamme, so viel verstehe ich.« Der Geist und Willow schauen einander an. »Schuldgefühle sind ein Motivator und eng mit dem Gefühl der Scham verbunden. Du magst dich für Ereignisse in deiner Vergangenheit schämen. Möchtest dich am liebsten verstecken. Aber Schuldgefühle werden dich nicht weiterbringen. Sie können aber ein echtes Werkzeug für dich sein und dir helfen, wichtige Beziehungen aus deinen Lebzeiten wiederherzustellen. Sollte das räumlich möglich sein. Sich anderen zu nähern, zu bedauern und zu *ent*schuldigen hilft dabei, Dinge zu reparieren. Es mag nicht immer gelingen, denn wir können ja nur kontrollieren, was wir selbst zur Lösung eines Konflikts beitragen und nicht, wie eine andere Person darauf reagiert. Aber ich denke, allein der Versuch könnte dich dem Gefühl der Freiheit wieder näherbringen.« Das Gespenst schaut wieder zur Decke und lauscht. »Was aber noch wichtiger ist und all dem bevorsteht, ist nicht die Frage der Schuld. Es ist eine Frage der Vergebung. Und die kann dir niemand gewähren außer du selbst. Ehrlich zu sich selbst zu sein erfordert großen Mut. Jeder ist für sein Leben und seinen Seelenfrieden selbst verantwortlich. Vielleicht auch auf eine gewisse Art und Weise für das Sterben.«

Nach einigen Minuten Stillschweigen löst Willow schließlich ihren Blick und erhebt sich vom Boden. Reglos schwebt das Gespenst weiter auf dem Sofa.

»Ich gehe ins Bett«, sagt sie, geht zum Sessel und dreht ihn zurück zum Kamin.

»Machst du den Kamin aus?«, bittet das Gespenst, ohne den Blick vom Kronleuchter abzuwenden. »Sicher ist sicher.«

»Klar.«

Willow nähert sich dem ruhig schwelenden Feuer, regelt die Luftzufuhr im Kamin ab und geht dann Richtung Treppe. Das Gespenst lugt einen Zentimeter über die Lehne der Couch in ihre Richtung.

»Danke«, flüstert es.

»Jederzeit wieder«, flüstert ihre Stimme aus der Dunkelheit zurück.

Als in dieser Nacht das Feuerholz zu Asche zerfällt und der Geist über seine Zukunft nachdenkt, fühlt er sie plötzlich sehr stark – die Einsamkeit. Er vermisst seine Familie so sehr, und doch hat er solche Angst vor einem Wiedersehen. Allein die Vorstellung lähmt ihn. Als läge eine schwere Decke auf ihm, kann er sich kaum mehr bewegen. Dabei war ihm diese Art von Gefühl schon vor so langer Zeit fremd geworden.

Es ist das Geräusch von Schritten, das ihn schließlich von der Couch wieder hinauf in die Luft zieht.

Noch immer nachdenklich, fliegt das Gespenst zum Fenster und späht durch den Spalt zwischen den schweren Vorhängen. Ein Mann entfernt sich vom Haus und hinterlässt Fußspuren im Schnee.

Schnell schließt das Gespenst die Vorhänge und wartet einen Moment, ehe es durch die Haustür hinaus in die wilde Nacht huscht. Es klammert sich an den Türknauf, um nicht sofort vom Wind davongetragen zu werden. Dabei entdeckt es das Päckchen auf dem Boden. Offenbar hatte der Tunichtgut die Absicht, Willow mit einem Geschenk wieder fröhlich zu stimmen. Sofort überschlagen sich seine Gedanken.

Der hat vielleicht Nerven. Der denkt wohl, ein Mitbringsel öffnet ihm wieder alle Türen. Aber hier einfach so wieder im Haus herumzustolzieren könnte ihm so passen! Er würde nicht zulassen, dass Willow sich von dieser Galanterie beeindrucken ließe.

Auf der anderen Seite wird dann vielleicht doch wieder alles so wie früher. Willow war doch bislang auch immer wieder glücklich geworden, oder etwa nicht?

Aber nein! Es muss aufhören, hatte sie selbst gesagt. Es muss aufhören, hier und jetzt.

Kurzentschlossen fliegt der Geist eilig enge Kreise um das Päckchen, sodass der Schnee auf der Veranda emporwirbelt. Zufrieden fliegt er durch die Tür wieder ins Haus, während der Mini-Tornado auf der Veranda zur Ruhe kommt. Der aufgewirbelte Schnee wird vom Wind gegen das Päckchen gepeitscht, bis es vollkommen weiß zugedeckt ist.

26

»Du kochst ja wieder«, staunt das Gespenst, über zwei blubbernden Kochtöpfen auf dem Herd kreisend. Im Dampf ist es nahezu unsichtbar. »Riecht bestimmt ganz toll.«

»Nett von dir, das zu sagen«, freut sich Willow, wirft sich ein fleckiges Küchenhandtuch über die Schulter und einen Blick in ein fernöstliches Kochbuch neben dem Herd. Nach ein paar Minuten lösen sich die schwachen Umrisse des Geists aus dem Dampf und er gleitet qualmend zum Fenster. Dort schaut er hinaus in die Dämmerung. »Du bist früh unterwegs heute«, bemerkt Willow.

»Ich konnte irgendwie nicht mehr schlafen.«

»Das passt mir ganz gut, ich hab nämlich was für dich.« Das Gespenst schwingt herum und formt den Mund zu einem kleinen o. »Nichts Besonderes. Guck du ruhig wieder aus dem Fenster, ich bin gleich zurück.«

Willow dreht die Hitze der Herdplatten herunter und verschwindet aus der Küche. Das Gespenst dreht sich wieder zur Scheibe und wippt auf und ab.

Endlich kehrt Willow zurück. In ihrer Hand eine Schnur, am Ende dieser Schnur ein hellblauer Luftballon. Sie bindet ihn an der Lehne eines Küchenstuhls fest.

»Kannst gucken.«

Blitzschnell dreht sich das Gespenst um.

»Sapperlot – ein Ballon«, freut sich das Gespenst. Es rauscht heran. »Ist der für mich?« Willow nickt. »Er ist wunderschön!«

Während es langsam um den Ballon schwebt, setzt sich Willow auf den anderen Stuhl und zieht das Geschirrtuch von der Schulter.

»Ich muss mit dir reden«, sagt sie.

»Danke, danke, danke«, jauchzt das Gespenst und löst die Ballonschnur von der Stuhllehne. »Den lassen wir so richtig knallen. Am besten gleich morgen. Oder naja, wann du Zeit hast ... Aber auf jeden Fall tags-über, damit du es gut beobachten kannst. Am besten morgens. Ja, früh fliegen wir los. Kannst du mich wecken?«

Dankbar lächelnd schaut der Geist zu ihr hinüber.

»Ja, kann ich machen. Es gibt einen Grund, warum ich dir diesen Ballon gekauft habe.«

»Hihihi, mein Ballon«, freut sich das Gespenst und zieht den Ballon durch die Luft. Willow presst ihre Handflächen auf den Tisch.

»Hör mir mal bitte zu!«

»Ich höre, ich höre«, sagt der Geist, jedoch ohne den Blick vom Luftballon abzuwenden. »Schöne Farbe auch. Hätte ich mir zwar nie ausgesucht, aber ist schon okay.«

Er steigt hinauf an die Zimmerdecke und dreht mit dem Ballon Kreise über dem Küchentisch. Willow räuspert sich.

»Ich kann in diesem Haus nicht mehr wohnen bleiben.« Das Gespenst hält in seinem Freudentaumel inne. »Ich weiß, ich hab gesagt, ich finde eine Lösung ...«

»Oh«, haucht das Gespenst und lässt sich auf den leeren Küchenstuhl sinken, während der blaue Ballon langsam hinauf zur Decke steigt.

»Ich bin mit meinen Patienten fast an der Kapazitätsgrenze. Wenn ich das noch ausreize, würde meine Arbeit sicherlich darunter leiden. Ich möchte mir aber genug Raum und Zeit für jede meiner Patientinnen und Patienten bewahren. Und für meine eigene Weiterbildung.« Willow wischt sich ihren langen Pony aus der Stirn und schaut in traurige Augen. »Um das Haus zu behalten könnte ich mehr arbeiten, aber das will ich nicht, verstehst du?«

Das Gespenst scheint zu flimmern und erinnert diesmal an das Flackern einer Kerze.

»Das Haus kostet dich zu viel Geld, ja?«

»Ja.«

»Kannst du deinen Sessel dann nicht einfach teurer machen? Den, wofür die Leute herkommen?«

Ein halbes Lächeln.

»So einfach ist das leider nicht.«

188

Betrübt lässt sich das Gespenst nach vorn fallen und gleitet durch den Küchentisch auf den Boden. Willow kriecht unter die Tischplatte und hockt sich neben das halbtransparente Häufchen Elend.

»Es ist nicht der einzige Grund. Ich fühle mich hier immer weniger zu Hause.« Bei diesen Worten sackt das Gespenst noch mehr in sich zusammen. »Jeder Raum zieht mich entweder zurück in die Vergangenheit oder zeigt mir eine verklärte Version der Zukunft. Ich habe das Gefühl, meine Gegenwart findet hier gar keinen Platz. Tut mir leid, aber ich werde mir was Neues suchen.«

27

Ein dumpfer Knall reißt den Geist aus seinem Schlaf. Irritiert blinzelt er durch ein Fenster in die Nacht hinaus und betrachtet einen Haufen bunter Lichter, die am Himmel aufleuchten und sofort wieder verglühen.

Überrascht, dass offenbar schon wieder die jährliche Krachnacht bevorsteht, rutscht er aus dem Waschbecken, trudelt augenblicklich gut gelaunt zur Schlafzimmertür und schlüpft ins Schlüsselloch. Gähnend späht der Geist in den Raum. Die Lichter sind aus. Das Bett leer.

Plötzlich holen ihn die Erinnerungen an Willows Worte wieder ein. Nicht mehr lange, und er würde jeden Abend nach dem Aufstehen ein leeres Schlafzimmer vorfinden.

Nachdenklich fliegt das Gespenst in die Ankleide. Auf dem Stuhl in der Ecke thront ein Berg Kleidung. Es muss tief und fest geschlafen haben, wenn es das ganze Spektakel hier verpasst hat. Aber für diesen Firlefanz hatte es eh noch nie viel übrig. Dieses Herausputzen der äußeren Hülle.

Durch den Fußboden sinkt der Geist hinab in die Küche. Auch hier ist es still.

»Willow?«

Wohnzimmer, Flur und Arbeitszimmer sind menschenleer. Zwar ist er es natürlich längst gewohnt, das Lichterfest allein zu verbringen, dennoch spürt der Geist nun diesen kleinen Funken Hoffnung auf einen gemeinsamen Abend mit Willow, den er die letzten Tage mit sich herumgetragen hat, in sich verglühen.

Draußen knallt es erneut und ein Schleier hellen Lichts schimmert kurz hinter den Vorhängen. In kreisenden Bewegungen fliegt der Geist die Treppe hinauf. Bild für Bild arbeitet er sich nach oben.

Urlaub auf den Malediven: die Palmen besser schief.

Das Bild vom Hochzeitstanz: weißes Kleid schöner schief.

Ein Jeep mitten in der Wüste: Auto fährt schneller schief.

Seelenruhig steigt das Gespenst hinauf in die erste Etage. Von dort weiter empor und durch die Decke in den verlassenen Dachboden. Über ihm kracht es. Es mag diesen Radau. Trotzdem ist seine Freude auf die aufregendste aller Nächte gedämpft. Wo Willow wohl gerade ist?

Kurz unaufmerksam, verheddert es sich in Spinnweben, die zahlreich von den Dachbalken hängen. Fluchend kämpft es sich frei und fliegt dann durch das Dach hinaus in die Nacht. Der Himmel ist klar und es ist windstill.

Das Gespenst schwebt zum Schornstein hinüber und lässt sich langsam auf der oberen Kante nieder. Von hier aus kann es die gesamte Straße sehen. Die Straßenlaternen tupfen orangefarbene Lichtkreise auf die Bürgersteige zu beiden Seiten. Ausgetretene Pfade schlängeln sich durch eine dünne Schicht alten Schnees. In den Fenstern der meisten Häuser brennt Licht.

In einiger Entfernung entdeckt das Gespenst Grugolf aus der Nummer sieben. Wieso ist der wohl noch hier? Ob er sich wohl auch vor irgendjemandem im Jenseits fürchtet? Der alte Kamerad sitzt auf dem Dach und sie winken einander kurz zu, bevor er in der Regenrinne verschwindet. Willows Hausgeist ist wieder allein über den schneebedeckten Dächern der Vorstadt. Er lässt sich zurückfallen und starrt auf dem Rücken schwebend in den Himmel.

Mit wem feiert Willow wohl dieses Jahr das Krachfest? Hier auf dem Dach ist es doch auch schön oder etwa nicht? Er hätte ihr gern gezeigt, was man von hier alles sehen kann. Den bunten Himmel und die Häuser und die Ratterketen. Aber vielleicht zu gefährlich für jemanden, der sein Leben noch zu verlieren hat. Ja, nee, dann wohl lieber nicht.

Eine Feuerwerksrakete saust von der gegenüberliegenden Straßenseite hinauf in die Luft. Mit einem

Knall explodiert sie direkt über dem Dach und lässt einen Kreis goldener Kugeln frei, die funkelnd wieder zu Boden sinken. Das Gespenst wundert sich, dass die bunten Lichter nicht die gewohnte Freude in ihm auslösen.

Was, wenn Willow tatsächlich auszieht und ihn hier allein zurücklässt? Wohin will sie überhaupt gehen? Wird das Haus etwa wirklich abgerissen? Was wird dann aus ihm? Ein Hausgeist ohne Haus?

Etliche Nachbarn stehen in kleinen Grüppchen auf der Straße vor dem Haus. Die Luft knistert und die Aufregung der Menschen steigt das Dach hinauf bis zum Schornstein. Besorgt stürzt das Gespenst tiefer und tiefer in den Strudel immer gleicher Überlegungen.

War es ein Fehler, Willow zu verschweigen, dass Thomas neulich Nacht vorbeigekommen war? Könnten die beiden doch wieder glücklich werden und bei ihm bleiben? Käme dann auch die Katze zurück? Wenn Willow nur wüsste, dass es nicht nur das Schicksal seiner Familie, sondern auch das ihrer Ehe auf dem Gewissen hat ...

Ein Schweif roten Lichts zischt an ihm vorbei. Der Geist schaut traurig hinterher und die Stelle, die an ein Herz erinnert, fühlt sich auf einmal seltsam klumpig an. So kann es nicht weitergehen. Er muss es ihr sagen.

Das Gemurmel auf der Straße wird lauter.

Irgendwann wird Willow ihm schon verzeihen. Muss sie doch, oder? Ganz bestimmt! Und dann wird alles wieder gut.

Auf einmal grölen und jubeln die Nachbarn und fallen einander in die Arme, während der Himmel von einem Schwall bunter Lichter geflutet wird. Helle Lichtblitze zischen an dem Gespenst vorbei. Die gesamte Welt scheint elektrisiert. Es kracht und knallt überall, während der Geist mit großen Augen das Spektakel betrachtet. Sein Mund eine kurze, gerade Linie.

Alles wird wieder gut, denkt das Gespenst inmitten des Lärms. Raketen zischen in jenem Moment dicht an ihm vorbei, als es versucht, ganz doll daran zu glauben.

Nachdem alle Himmelsfeuer gänzlich erloschen sind, sitzt das Gespenst noch immer auf dem Schornstein. Es genießt die rauchige Luft des neuen Jahres, als ein helles Lachen durch die verstummte Nacht schallt. Ein Lachen, das sanft aufs Dach hinauffliegt und ihn in seinen Geisterkörper zwickt. Ein Lachen, das er lange nicht mehr gehört hat.

Der Geist gleitet an den Rand des Dachs und sieht Willow am Arm eines Unbekannten die Straße entlangtorkeln. Ihr dunkles Kleid glitzert und blitzt im Schein der Straßenlaternen. Wankend bleiben die beiden schließlich vor ihrem Haus stehen. Sie verabschieden sich mit einer langen Umarmung. Dann schlendert Willow durch den Vorgarten und schwingt eine kleine Tasche immer wieder vor und zurück.

Das Gespenst duckt sich flach auf die Dachziegel und hört unter sich klackernde Schritte auf der Veranda. Der Fremde steht noch immer unter der Laterne und wartet. Das Gespenst lässt ihn sicherheitshalber nicht aus den Augen. Was hat das jetzt wieder zu bedeuten? War das etwa ein neuer Tunichtgut, der hier Unruhe stiften will? Sollte der es nochmal wagen, hier bei Willow aufzutauchen, würde das Gespenst sich den aber genauer angucken.

Als die Haustür schließlich ins Schloss fällt, breitet der Mann die Arme aus und legt den Kopf in den Nacken. Das Licht fällt auf ein breites Grinsen in seinem runden Gesicht. Die Nacht umarmend, dreht er sich einmal um sich selbst und sucht dann wankend an der Laterne nach Halt. Eine blaue Mütze rutscht ihm dabei vom Kopf. Er wirft einen seligen Blick zum Haus, bevor er die Mütze aus dem Schnee fischt und wieder aufsetzt. Das Gespenst muss zugeben, dass er recht freundlich aussieht. Wachsam beobachtet es den Mann dabei, wie er langsam den Gehweg entlang davontanzt.

28

Es klopft an der Schlafzimmertür.

Es klopft leise gegen den Nachttisch.

Es klopft am Holzrahmen des Betts.

»Willow?« Das Gespenst schwebt direkt über dem willowförmigen Bettdeckenberg, aus dem nur ein Fuß herausguckt. »Was machst du?«

Der Fuß verschwindet unter der Decke und es erscheint dafür ein wuscheliger Kopf. Langsam ein Auge öffnend, grummelt Willow: »Ich schlafe.«

Das Gespenst zupft ein silbernes Konfetti aus ihrem dunklen Haar und hält es in den Schein der tiefen Nachmittagssonne. Schwups ist Willow wieder vollständig untergetaucht. Der Geist lässt den glänzenden Schnipsel zu Boden fallen und stupst in die Bettdecke.

»Was?«, brummt Willow.

»Kann ich reinkommen?«

»Was? Nein!« Die Decke raschelt. Das Gespenst lässt sich auf dem Nachttisch nieder. Langsam setzt sich Willow auf, um sofort wieder mit einem lauten Seufzer in die zerwühlten Kissen zu sinken. In ihrem Schädel vibriert ein penetrantes Klopfen. »Mein Kopf ... Du lässt mich jetzt nicht mehr in Ruhe, oder?«

»Es wird fast schon wieder dunkel«, antwortet das Gespenst »Guck doch.«

Mürrisch reibt sich Willow die Augen und späht aus dem beschlagenen Fenster in einen rosafarbenen Himmel.

»Und wieso bist du dann schon auf?«

»Ich ...« Das Gespenst nimmt eine aufrechte Haltung in der Luft ein, sammelt seinen Mut zusammen und spricht mit fester Stimme: »Ich muss dir was sagen.«

»Aber doch nicht so laut!«, protestiert Willow. »Ich habe einen Kater.« Stöhnend zieht sie sich die schwere Decke vom Leib und schiebt die Beine über den Bettrand. »Und bevor du fragst: keinen *echten* Kater. Das ist eine Redewendung.«

Schwerfällig erhebt sie sich vom Bett. Ihr glitzerndes Abendkleid reflektiert die letzten Sonnenstrahlen, die nun als Hunderte heller Lichtflecken durch den Raum tanzen.

»Wow, du funkelst!«, staunt das Gespenst beeindruckt und betrachtet mit offenem Mund die kleinen Flecken, die über die Zimmerdecke huschen.

Während Willow langsam um das Bett herum Richtung Badezimmer schleicht, klopft es in ihrem Kopf noch heftiger. Bevor sie die Tür hinter sich zuzieht, huscht das Gespenst zu ihr in den Raum hinein. Willow lehnt sich ans Waschbecken und reibt sich die Schläfen.

»Was ist denn so dringend?«

»Ja, also ... Ich muss dir was sagen.«

Willow blickt genervt auf.

»Spucks doch endlich aus!«

Das Gespenst dreht eine nervöse Runde und bleibt vor ihr schweben. Dann gibt es sich einen Ruck und traut sich endlich, seinem Lieblingsmenschen alles zu beichten.

»Ich bin schuld am Ende deiner Ehe«, gesteht es. Noch bevor das letzte Wort seinen Mund verlassen hat, wird Willows Gesicht leichenblass. Ihre Augen weiten sich, sie hält eine Hand vor ihren leicht geöffneten Mund. »Ich weiß, ich –«, setzt das Gespenst an, als Willow sich plötzlich zur Seite dreht und auf die Knie fällt. Würgend umarmt sie die Kloschüssel. Von den gluckernden Geräuschen erschrocken, weicht das Gespenst zurück und purzelt durch die Wand wieder ins Schlafzimmer. Überrascht lauscht es den plätschernden Geräuschen auf der anderen Seite.

Als es sich ein paar Minuten später wieder ins Bad traut, sitzt Willow an die Badewanne gelehnt und schläft. Es zieht das Handtuch vom Haken an der Wand, legt es ihr über die Beine und flüstert: »Ich komm dann wohl später noch mal wieder.«

Träge tanzt das Gespenst am Abend mit seinem Ballon durch die Dunkelheit. Langsam drehen sie sich im Flur umeinander, als Willow im Pyjama auf dem Treppenabsatz erscheint. Sofort hält das Gespenst inne. Der Ballon rutscht aus seinem Griff, steigt hinauf und tippt an die Zimmerdecke. Rasch fliegt der Geist Willow entgegen, die sich ans Geländer klammert und Stufe für Stufe hinunter quält. Kurz vor ihr bremst er ab und schaut sie eindringlich an.

»Ich muss dir was sagen«, versucht er es erneut.

»Warum muss das denn unbedingt *heute* sein?«, jammert Willow und setzt sich kapitulierend auf eine Treppenstufe.

»Weil ich will, dass es schnell vorbei ist und du mich dann umso schneller wieder leiden kannst. Irgendwann. Und mir das Fliegen nicht mehr so schwerfällt und das Denken und –«

»Okay, okay.« Willow verschränkt die Arme auf ihren Knien und lehnt den Kopf ans Treppengeländer. »Ich habs verstanden, es ist ganz wichtig. Aber jetzt bitte in Ruhe ...« Das Gespenst wiegt sich von einer Seite auf die andere und schaut überall hin, außer in ihr Gesicht. »Du kannst mir alles sagen. Weißt du nicht mehr?«, ermuntert Willow ihn.

Seine großen, dunklen Augen blicken nun ins blaue Meer.

»Ich bin schuld am Ende deiner Ehe.«

Willow hebt den Kopf.

»Also hab ich das doch richtig verstanden vorhin! Wie kommst du denn bitte darauf?«

»Die Schranktüren ...«, beichtet das Gespenst und wirkt dabei besonders blass. »Das war nicht dein Mann.« Es nimmt einen tiefen Atemzug. »Das war ich.« Willow schaut ihn fragend an. Das Gespenst lässt sich neben ihr auf der Stufe nieder. Jetzt ist es raus, jetzt gibt es kein Zurück mehr. »*Ich* habe die Schranktüren immer aufgemacht. Es tut mir so leid, ich wusste ja nicht, dass dich das so ärgerlich macht und dass ihr euch dann so viel streitet deswegen und du sagst, es muss aufhören. Und ich wollte doch nur ... Ich mag eben ein bisschen Chaos. Und ich wusste ja auch nicht, dass euch das Tellerschmeißen nicht so viel Spaß macht wie mir. Ich dachte, wir ... Ich dachte, du machst das genauso gern wie ich. Ich wusste doch nicht, dass du wegen der vielen Scherben immer so traurig bist. Tut mir leid, dass ich deine Ehe kaputtgemacht habe«, heult es laut auf und vergräbt sein Gesicht in den Armen.

Vehement schüttelt Willow den Kopf.

»Du hast mit meiner Ehe rein gar nichts zu tun.« Sie legt dem schluchzenden Gespenst eine Hand auf den Rücken. Spürt ein Knistern unter ihren Fingern, als sie leicht einsinken. »Das haben Thomas und ich ganz allein und ohne deine Hilfe kaputtgekriegt.«

»Nein, nein, ich hab alles kaputtgemacht und jetzt hast du die Schränke und das Haus so satt, dass du deswegen ausziehen musst.«

»Das sind ganz viele unterschiedliche Dinge, die du gerade zusammenwirfst.«

»Und wenn ich gar nichts mehr werfe? Wenn ich verspreche, hochwohllöblich alles von dir in Ruhe zu lassen? Die Schränke und Bilder und all dein Hab und Gut ... Bleibst du dann hier?«

Willow rutscht näher heran.

»Guck mich mal an!« Das Gespenst aber traut sich nicht, zu ihr aufzusehen. »Du weißt doch noch, was ich zu dir gesagt habe, neulich auf der Couch? Dass Thomas und ich uns so oft wegen Kleinigkeiten in die Haare bekommen, ist ein Symptom. Das bedeutet, es sind nicht die Schranktüren das Problem. Das eigentliche Problem zwischen uns liegt ganz woanders. Du hast sie doch mitbekommen – unsere ewig gleichen Diskussionen. Und als ich letztens zu dir sagte, dass es aufhören muss ... Ich meine damit, dass *ich* aufhören muss, auf den Moment zu warten, an dem mein Leben anfängt.« Der Mund des Gespensts biegt sich weiter nach unten und zittert. Schnell fügt Willow hinzu: »Danke, dass du ehrlich zu mir warst und mir das gesagt hast. Aber es ist wirklich nicht deine Schuld. Und die Schränke und Bilder und so weiter sind mir letztlich egal, okay?«

»Wieso musst du dann gehen?«

»Um meinen Neuanfang selbst in die Hand zu nehmen.«

Das Gespenst nickt zurückhaltend. So ganz kann es nicht glauben, dass es an der Situation keine Schuld haben soll, aber immerhin ist Willow ihm wohl nicht böse. Es schnieft und versucht, ein schiefes Lächeln aufzusetzen.

Einen Moment lang betrachtet Willow das schwach schimmernde Wesen neben ihr auf der Treppe. Sie wird es vermissen, ihr kleines Nachtlicht.

»Für mich ist das alles auch nicht so leicht«, gibt sie zu. »Die Wohnungssuche, der ganze Papierkram. Ich muss mich um so vieles kümmern und weiß gar nicht, ob ich das alles schaffe.«

Das Gespenst stutzt.

»Klar schaffst du das!«, sagt es sogleich mit voller Überzeugung. »Sowas von.«

Sie lächeln einander an. Gemeinsam sitzen die beiden noch ein Weilchen schweigend nebeneinander auf der Treppe. Genießen das gemeinsame Hier und Jetzt.

Willows Blick wandert durch die Dunkelheit an die Decke, wo sie den Luftballon entdeckt.

»Wolltest du den nicht gleich fliegen lassen?«

»Platzen lassen. Ich bin noch nicht bereit, der leistet mir gerade noch ganz gut Gesellschaft.«

»Achso, okay. Ich geh mir mal einen Tee machen.«

Willow will aufstehen, doch ein kleiner, weißer Arm hält sie zurück.

»Ich muss dir noch was verraten.«

»Na gut, erzähl schon.«

»Das mit den verlorenen Socken in der Waschmaschine ... Dass es da nicht immer zwei wieder rausschaffen ... Das bin auch ich.«

29

Ein saurer Geschmack beißt in Willows Zunge, als sie am nächsten Morgen eine Grapefruit frühstückt. Sie verzieht das Gesicht und lässt den Löffel sinken, als sie auf einmal ein Pfeifen hört. Das Gespenst fliegt durch die Wand und tänzelt mit einem breiten Grinsen durch die Luft.

»Da hat aber jemand gute Laune«, bemerkt Willow und schiebt die Pampelmuse über den Küchentisch.

»Heute ist es so weit«, trällert der Geist und hebt einen Arm. Verwundert schaut er daran empor, dreht sich suchend einmal im Kreis und lächelt peinlich berührt. »Äh, Moment.« Er verschwindet wieder durch die Wand und kehrt sogleich mit dem Luftballon im Schlepptau durch die offene Tür in die Küche zurück. »Ich lasse heute meinen Ballon steigen.«

»Soso.«

Willow steht auf und holt sich Brot und Schokoladenaufstrich aus einem Küchenschrank.

»Willst du mitkommen?«

»Es ist so kalt draußen. Ich könnte am Fenster stehen und zugucken, wenn du hier in der Nähe bleibst ...«, bietet Willow an und schmiert sich eine Scheibe Brot.

»Famos!«, jubelt das Gespenst. »Jetzt?«

»Von mir aus«

Mit ihrer Stulle in der Hand geht sie hinüber zum Fenster, während das Gespenst samt Luftballon kichernd den Raum verlässt. Eine Sekunde später ist es wieder da und räuspert sich.

»Du müsstest uns mal die Tür aufmachen.«

Der hellblaue Ballon steigt schnell in den tristen Himmel hinauf. Willow steckt sich das letzte Stück Brot in den Mund und betrachtet kauend den immer kleiner werdenden Punkt. Hin und wieder ändert er die Richtung, und wer es nicht besser weiß, macht dafür sicherlich den Wind verantwortlich. Selbst als der Luftballon nicht mehr zu erkennen ist, kann Willow ihren Blick nicht vom Himmel lösen. Etwas kratzt an ihrem Herzen. Neid. Auf dieses Gefühl der Leichtigkeit.

Schließlich wendet sie ihren Blick vom Fenster auf ihre Armbanduhr. In weniger als einer Stunde beginnt ihr erster Arbeitstag des neuen Jahres. Flink räumt sie das Geschirr in den Spüler und verlässt, von der Aufbruchsstimmung angesteckt, die Küche.

Als sie eine frisch gefüllte Wasserkaraffe auf den Beistelltisch neben den Sessel stellt, kommt das Gespenst durchs Fenster zu ihr ins Arbeitszimmer.

»Hast du's gesehen? Mann, hat der geknallt. Peng! Richtig laut«, freut es sich. Dann blickt es sich um. »Oh, darf ich überhaupt hier sein?«

»Schon okay, es ist ja noch kein Patient hier.«

Willow legt ihren Notizblock auf einen kleinen Tisch neben einen der beiden Sessel.

»Hast du uns gesehen?«

»Ja. Also zumindest eine Zeit lang.«

»Man, das war gut«, strahlt das Gespenst.

Im Türrahmen lehnend, betrachtet Willow das glückliche Wesen.

»Schön, dass es dir so einen Spaß macht. Fühlt sich manchmal ganz gut an, Dinge loszulassen, oder?« Der Geist schiebt einen argwöhnischen Blick zu Willow hinüber. »Ich mein ja nur, sich von etwas zu lösen, kann viel Gutes mit sich bringen.«

»Gut, Frau Psychologin«, sagt das Gespenst und hebt einen Arm. »Ich merk schon, dass das hier so ein Gehirngespräch ist.«

Entschärfend hebt Frau Psychologin die Hände.

»Mich würde ja nur interessieren, was es ist, dass dir daran solchen Spaß macht.«

»Nee, nee«, erwidert das Gespenst und schüttelt sich. »Das weißt du doch längst. Das hat doch hier gerade gar nix mit mir zu tun. Du willst lieber über dich sprechen … Dass du froh bist, hier bald raus zu sein. Stimmts?«

Willow fühlt sich ertappt und zuckt mit den Schultern.

»Vielleicht ein bisschen.«

»Wusst ich's doch.«

»Versteh mich nicht falsch. Ich lieb doch das Haus und das mit dir hier ist ... angenehm außergewöhnlich. Aber ich kann nicht weiter jeden Tag an das erinnert werden, was ich nicht bekomme. Und ich freue mich auf einen Neuanfang.«

»Jetzt weiß ich's!«, unterbricht sie der Geist und dreht einen Kreis um die Sessel. Mit einem weisen Gesichtsausdruck bleibt er vor Willow stehen. »Es hat was mit dem Laternenmann zu tun.«

»Dem was?«

»Na, dem Mann aus der Krachnacht... Der mit der blauen Mütze und dem Grinsen und –«

»An Silvester meinst du?«

Das Gespenst nickt.

»Nein«, protestiert Willow und spürt eine Wärme in ihre Wangen aufsteigen. Sie geht hinüber zum Regal mit den Ordnern und zieht wahllos einen davon heraus.

»Wegen dem willst du weg, oder?«

»Ich kenn den doch kaum«, sagt sie mit hoher Stimme. »Du weißt genau, wieso ich gehe, du musst nicht ständig nach neuen Gründen suchen. Ich gehe, weil ich meine finanzielle Freiheit nicht dermaßen einschränken will.«

»Und ...?«

Willow legt den Ordner auf ihrem Schreibtisch ab und dreht sich zum Gespenst.

»Weil ich diesen Ort loslassen muss.«

»Und ...?«

»Was und? Nichts und!«

Willow wendet sich zum Gehen.

»Und du willst jetzt bestimmt beim Laternenmann einziehen«, säuselt das Gespenst.

Willow schnaubt und verschränkt die Arme.

»Ich ziehe bei niemandem ein, sondern suche mir was für *mich*. Und überhaupt – wieso interessiert dich das so?«

Jetzt ist es das Gespenst, das verlegen wirkt.

»Ich will ja nur wissen, wo ich dich finden kann, wenn ich dich mal besuchen möchte.«

Vorsichtig wirft es einen Blick zu Willow hinüber, die ihm nun einen Schritt entgegenkommt.

»Ach, du ...«, sagt sie lächelnd. »Keine Sorge, ich geh doch nicht einfach, ohne dir zu sagen, wohin.« Der Geist lächelt zurück. »Jetzt muss ich mich aber ranhalten.«

Willow eilt aus dem Raum. Kurz darauf steckt sie ihren Kopf wieder zurück durch die offene Tür.

»Er hat gegrinst, sagst du?«

30

Kahle Wände werfen Willows Schritte als Echo zu ihr
zurück, als sie an einem Samstagmorgen durch ein
leeres Zimmer streift. Auf der Suche nach dem Zauber.
Nach diesem Jubeln im Bauch, das sich auch bei dieser
Wohnung nicht so recht einstellen will. Tage voller
›Bitte nach Ihnen‹, ›Geräumig für die Gegend‹ und ›Sie
müssen Abstriche machen‹ liegen bereits hinter ihr.
Vielleicht ist es einfach zu viel verlangt, sich in irgend-
einer kargen Wohnung sofort zu Hause zu fühlen.

Inmitten eines nackten Zimmers bleibt Willow
stehen und sieht sich unentschlossen um. Magere
Sonnenstrahlen schneiden sich durch einen Teppich
dichter Wolken am Himmel. Sie fallen durch eine
schmale Glastür auf den Holzboden vor ihre Füße.
Willow öffnet die Balkontür und tritt nach draußen.
Ein paar Autos schlängeln sich aneinander vorbei entlang der mit Cafés und Restaurants gesäumten Straße.
Hier fühlt sich das Leben viel *lebendiger* an. Allerdings
ist sich Willow gerade nicht sicher, ob das gut oder
schlecht ist.

Der scharfe Januarwind schubst sie wieder hinein.
In diesem Moment kommt die in einen langen Trench-
coat gekleidete Maklerin hinzu. Mit ihrem Smartphone

in der Hand deutet sie Richtung Balkon.

»Und was sagen Sie? Dank der Zweifachverglasung trotz idealer Lage sehr ruhig.« Sie fährt sich durchs glatte, wasserstoffblonde Haar und studiert aufmerksam Willows Gesicht. »Haben Sie noch Fragen?«

»Ja, das Zimmer nebenan könnte ich für meine Arbeit nutzen, sagten Sie?«

»Richtig, das Mischmietverhältnis sieht den Raum für die Gewerbenutzung vor. Etwa fünfzehn Quadratmeter, falls Ihnen das ausreicht.«

»Das reicht vollkommen. Zu viel Platz kann paradoxerweise manchmal erdrückend wirken.«

»Damit haben wir bei den Wohnungen hier in der Innenstadt wohl kaum ein Problem«, erwidert die Maklerin mit geübtem Lächeln.

Willow fasst einen Entschluss. Wenn der Funken nicht von allein überspringen will, muss sie eben selbst ein Feuer entfachen. Auch wenn ihr in diesem Augenblick die Vorstellungskraft fehlt, spürt sie doch die Perspektive, die sie hier umgibt. Leere Räume voller Möglichkeiten.

Vom plötzlichen Schweigen ihrer Kundin verunsichert, schiebt die Maklerin eilig ein paar Verkaufsargumente hinterher.

»Dafür ist die Ausstattung, wenn Sie sich im Gegensatz an das letzte Objekt erinnern, gehoben.

Das Eichenparkett, die neuen Fenster, der –«

»Ich würde die Wohnung gern nehmen.«

Manchmal muss der Kopf entscheiden, wenn das Herz dazu noch nicht bereit ist.

Die Augen der Maklerin beginnen zu strahlen.

31

Still fressen Sonnenstrahlen große Löcher in die Schneedecke des Vorgartens. An einigen Stellen blinzelt bereits der müde Rasen hervor. Glitzernde Tropfen hängen an der Kante des Vordachs über der Veranda, auf der lediglich ein kleines Häufchen Schnee liegt. Direkt neben der Haustür, die in diesem Moment geöffnet wird.

»Ich lasse Ihnen rechtzeitig die neue Adresse zukommen. Unser Intervall bleibt bestehen.«

Mit diesen Worten verabschiedet Willow eine junge Frau, die sich den dünnen Mantel zubindet und warm lächelt. Einen Moment lang schaut sie ihrer Patientin hinterher und genießt die Wärme der Sonne auf ihrem Gesicht. Ab jetzt würde alles leichter werden.

Beim Hineingehen fällt ihr Blick auf das kleine Häufchen Schnee neben der Fußmatte. Ein Stück braunes Papier schaut daraus hervor. Willow beugt sich hinab und zieht ein schmales, durchweichtes Päckchen heraus. Verwundert schüttelt sie den matschigen Schnee davon ab. Zwei verschmierte Buchstaben sind auf dem Papier zu erkennen: Wi.

Mit dem Päckchen zwischen Daumen und Zeigefinger geht sie ins Haus. Sie schließt die Tür hinter sich und dann bleibt die Zeit stehen.

Bewegungslos starrt Willow auf das Päckchen.

Atemlos starrt das Gespenst auf Willow.

Sie beißt in die Innenseite ihrer Wange. In letzter Zeit hat sie wenig an Thomas gedacht. Oder zumindest *weniger*. Obwohl sie ihn nach wie vor vermisst, fühlt sie sich gleichzeitig unbeschwerter denn je.

Schmelzwasser tropft auf den Holzfußboden im Flur. Nach einigen Sekunden erwacht Willow aus ihrer Trance. Sie fängt den nächsten Tropfen mit der Hand auf und geht zügig in die Küche.

Das Gespenst schlüpft durch die Wand hinterher. Gerade noch rechtzeitig sieht es, wie Willow das Päckchen ungeöffnet in den Mülleimer fallen lässt. Die darin verborgenen Polaroids vergangener Reisen, die Thomas über die Jahre gesammelt hatte, landen ungesehen im Abfall.

Als sie sich umdreht, entdeckt sie den Geist, wie er ihr noch halb in der Wand entgegenlächelt.

32

»Ich würde jetzt noch die letzte Bücherkiste packen.«

Mel zieht einen Stapel Romane aus dem Regal im Wohnzimmer und trägt ihn zu Willow herüber, die einen Umzugskarton zusammenfaltet.

»Ja, danke, ich mach noch die Kommode vorn und dann ist das Wohnzimmer fertig.«

Sie reicht Mel den leeren Karton und faltet sich selbst einen zweiten zurecht.

»Was ist mit dem Fernseher?«

»Der bleibt hier. Genauso wie die Couch und das monströse Ding«, antwortet Willow und zeigt auf den Kronleuchter über sich.

»Kam der mit dem Haus?«

»Der gehört Thomas, ein Erbstück. Aber den Sessel nehme ich. Die Bücher und die meisten anderen persönlichen Sachen auch. Unterm Strich kann ich auch gar nicht so viel mitnehmen.«

»Verstehe«, sagt Mel und breitet die erste Schicht Bücher im Karton aus. Sie schlendert zu einer kleinen Pappbox, die auf dem Fensterbrett steht, und nimmt einen veganen Dumpling heraus. Kauend betrachtet sie die Lichterkette, die das Fenster umrahmt. Mel zeigt darauf und fragt: »Und die hier?«

»Die lasse ich noch hängen, damit es hier nicht ganz so kahl aussieht.«

»Verstehe«, sagt Mel erneut und schiebt sich ein weiteres Teigtäschchen in den Mund, bevor sie wieder zum Bücherregal geht. Währenddessen schaufelt Willow einen Haufen Einkaufsbeutel aus der Kommode in den Karton.

Nach einer halben Stunde sind Wohnzimmer und Flur in Kisten verstaut. Während Willow den letzten Karton mit *Kram* beschriftet und zu den anderen neben die Haustür stellt, holt Mel eine Flasche Sekt aus dem Kühlschrank. Der Korken schießt aus der Küche hinaus ins Wohnzimmer. Das Geräusch hallt durchs gesamte Haus.

»Auf deine neugewonnene Freiheit!«

Feierlich reicht Mel Willow die Flasche.

»Auf meine neue Wohnung und Erfolg bei der weiteren Suche«, prostet Willow und nimmt den ersten Schluck. Vom Knall angelockt, schleicht das Gespenst herbei und kriecht ins Schlüsselloch der Küchentür, um zu lauschen.

»Suche nach ...?«, fragt Mel.

»Nach separaten Räumlichkeiten für meine Praxis. Mittelfristig.« Willow nimmt noch einen Schluck Sekt. »Liebe. Einer Familie.«

Dem Gespenst wird schwer ums imaginäre Herz. Wieso wollte Willow nicht nur mit ihm hier zusammenleben? Waren sie einander denn nicht Familie genug?

»Nur ein paar Kleinigkeiten also«, sagt Mel, holt die Pappbox vom Fensterbrett und lässt sich damit auf die Couch fallen.

Zufrieden mit ihrem Tagewerk setzt sich Willow zu ihr.

»Schade um das Haus.« Mel seufzt und legt den Arm um Willows Schultern. »Aber ist besser so. Und ich weiß, ich habs schon oft gesagt, aber ich finde wirklich, dass du die beste Entscheidung für dich getroffen hast. Du verdienst jemanden, der mit dir gemeinsam eine Ehe führen möchte und dich nicht mit der ganzen Arbeit daran allein lässt.« Die beiden Freundinnen tauschen Sekt und Dumplings. »Und ich sag dir noch was«, beginnt Mel und nimmt einen Schluck aus der Flasche. »Dieses Haus ist wunderschön, aber es hat auch ein schlechtes Karma. Ich kanns förmlich riechen. Du brauchst was Neues.«

Die Lichterkette am Fenster flackert kurz. Willow schiebt sich einen Dumpling in den Mund und Mel spricht weiter: »Die nächsten Besitzer müssen hier bestimmt erst mal ordentlich ausräuchern, um all die bösen Geister zu vertreiben.« Plötzlich zittert die Flasche in Melanies Hand und ein Schwall Sekt sprudelt über ihre Hand. »Shit!«, ruft sie, hält die Flasche von sich und springt auf.

Willow lacht und schüttelt den Kopf. Mel funkelt sie an. Der Geist huscht dorthin zurück, wo er herkam.

»Tut mir leid, tut mir leid«, entschuldigt sich Willow. Mel geht mit tropfender Flasche in die Küche. Nach kurzem Wasserrauschen kehrt sie mit einer Rolle Küchenpapier ins Wohnzimmer zurück. Sie wischt den Boden trocken, setzt sich dann wieder und schnappt sich den letzten Dumpling.

»Wie fühlst du dich jetzt, wo alles eingepackt ist?«

Willow zieht ihre Beine auf die Couch und lehnt sich zurück.

»Als könnte ich endlich mal durchatmen. Wie nach einer Erkältung, wenn man wieder richtig Luft bekommt. Mir war lange nicht bewusst, wie sehr mich diese Wartestellung gestresst hat. Ich denke seit Kurzem über ein neues Themengebiet nach. Für die Praxis, du weißt schon.«

»Ach echt? Was denn?«

»Ich möchte künftig mit Kindern und Jugendlichen arbeiten. Ich hab mich schon mit dem Thema Weiterbildung beschäftigt und kann mir vorstellen, dass das gut passt. Und ich merke, wie das neue Energie in mir freisetzt.«

»Das klingt doch super«, jubelt Mel und freut sich, dass ihre Freundin endlich wieder an etwas anderes als ihren Herzschmerz denken kann. »Das könnte wirklich gut passen.«

Aneinandergelehnt trinken die beiden die Sektflasche leer und tauschen noch eine Weile ihre Erinnerungen aus. Verknoten ihre Finger und beginnen abwechselnd Sätze mit ›Weißt du noch‹. Bei jeder dieser Erinnerungen füllt sich der Raum mit der Mischung aus Nostalgie, Melancholie und Aufregung, wie sie ein Abschied so häufig mit sich bringt.

Und während die Freundinnen auf der Couch in der Vergangenheit schwelgen, versteckt sich an einer Stelle des Hauses die Angst vor der Zukunft. Dort, wo sich die Melancholie mittlerweile zu einer tiefen Traurigkeit verdichtet hat. Im Schlüsselloch der Küchentür.

33

Es klirrt.

»Was ist diesmal zu Bruch gegangen?« Willows Augen rollen zur Zimmerdecke. »Wieso kannst du dich nicht einfach von den zerbrechlichen Dingen fernhalten?«

»Du packst auf deine Art und ich packe eben auf meine«, ruft der Geist aus der oberen Etage zu ihr herab. Willow schlägt eine Vase in Zeitungspapier ein und legt sie in den Pappkarton auf dem Küchentisch.

»Was war es diesmal?«, versucht sie es erneut und geht zur Treppe.

»Will ich nicht sagen.«

»Was immer du auch gerade packen willst – lass es und kümmere dich um was anderes. Wie wäre es mit dem Kleiderschrank?«

»Ich mag keine Kleider«, ruft es wieder von oben herab.

»Dann macht es es dir doch bestimmt Spaß, sie in Kisten zu räumen.«

»Fein.«

»Ich hab keine Lust mehr«, sagt das Gespenst, als es eine halbe Stunde später die Treppe hinabschwebt.

Es hat genug Zeit damit verbracht, Dinge aus den halb gepackten Kisten heimlich wieder in Schränken und Regalen zu verstecken.

Erschöpft fliegt es an der Decke entlang und sieht sich um. Das Wohnzimmer gleicht dem Lager eines Versandhauses. Willow kommt mit einem Umzugskarton aus der Küche und schlängelt sich durch einen schmalen Gang zwischen gestapelten Kartons hindurch zum Fenster. Dort hievt sie die Kiste mit seufzendem Rücken auf eine andere. *Zerbrechlich!* Kritzelt sie auf den Pappdeckel, bevor sie sich auf den Sessel fallen lässt.

»Meinst du, ich kann das hier so ganz allein?«, fragt das Gespenst irgendwo hinter dem Kartongebirge. Ein weißer Schimmer huscht durch den Raum, bis er sich auf einem der Pappwipfel niederlässt.

Willow steht seufzend wieder auf und tritt an das Gespenst heran.

»Was genau meinst du?«

»Na, hier allein wohnen.«

Willow weiß zwar nicht, wie es mit dem Haus weitergeht, ist sich aber sicher, dass es nicht lange leerstehen wird. Da sie weiß, dass der Geist sich mit dem Gedanken an neue Mitbewohner allerdings ebenfalls schwertut, will sie lieber nicht darauf eingehen.

»Wovor hast du denn Angst?«

Es fliegt zum Kaminsims und wischt dort im Staub herum, bevor es antwortet.

»Dass ich das Haus auch aus Versehen abbrenne. Ich mag doch so gern Feuer machen und mit den Funken spielen. Die leuchten immer so schön in meinem Bauch. Und ich kann fast fühlen, wie sie kitzeln.« Das Gespenst wirft Willow einen flüchtigen Blick zu. »Ich mache ja immer nur kleine Feuer, wenn ich allein bin, aber was, wenn etwas schief geht?«

Willow weiß nicht so recht, was sie sagen soll. Dass das Gespenst in der Lage war, eigenhändig Feuer zu machen, ist ihr neu. Sie ist froh, das nicht früher erfahren zu haben.

»Offenbar hast du doch mit der Zeit dazugelernt, immerhin steht dieses Haus noch«, sagt sie mit einer ausschweifenden Handbewegung. Das Gespenst zuckt mit den Schultern. »Hier ist doch in den letzten Jahren nichts Schlimmes passiert. Ich denke, du wirst auch allein ganz prima zurechtkommen. Da mach ich mir gar keine Sorgen.« Ein Lächeln kriecht in das blasse Gesicht. »So.« Willow klatscht in die Hände und wechselt das Thema. »Jetzt muss ich die Sache hier aber zu Ende bringen.«

Sie geht ein paar Stufen hinauf zum runden Spiegel im Treppenhaus. Mit kritischem Blick zupft sie an ihren Haaren und streicht über die feinen Linien auf der Stirn.

»Man, sehe ich fertig aus. Die letzten Monate haben ihre Spuren hinterlassen.«

Willow nimmt den glänzenden Kreis von der Wand, trägt ihn vorsichtig zur Couch und legt ihn ab. »Was auch ein bisschen an dir liegt«, fügt sie zum Kamin gewandt hinzu.

»Zu meiner Verteidigung – du hast schon vor unserem Kennenlernen manchmal ausgesehen, als hättest du einen Geist gesehen.«

»Charmant wie immer«, erwidert Willow, während sie Luftpolsterfolie aus einem Karton kramt.

»Tja, so kennt man mich.«

»So? Wer kennt dich denn noch?«

»Nicht so wichtig.«

Willow trägt den weich verpackten Spiegel zum Stapel Umzugskartons neben der Tür und legt ihn darauf.

»Aber jetzt sag mir doch mal, was da oben vorhin zu Bruch gegangen ist.«

Mit einem Hüsteln erhebt sich das Gespenst und dreht sich zur Wand über dem Kamin.

»Sag du mir doch lieber, was wir mit diesem – ich sag mal – Bild hier machen sollen.«

Beide betrachten den großen Kunstdruck, der drei ineinander verschlungene, indigoblaue Streifen zeigt.

»Das ist Kunst.«

»Das ist scheußlich.«

»Das bleibt erst mal. Es gehört Thomas.«

»Ah, das erklärt einiges.«

Willow betrachtet ihr Leben in Kartons. Es ist alles bereit für die Möbelpacker.

»Thomas kommt in ein paar Tagen, wenn ich schon weg bin.«

Das Gespenst schnellt in die Luft hinauf.

»Und das erzählst du mir erst jetzt? Darf ich dann um ihn herumspuken?«

»Tu, was du nicht lassen kannst.« Willow zwinkert und steigt die Treppe hinauf. »Ich bin hier unten fertig. Oben sollte es ja schnell gehen. Es sei denn, du hast eine Katastrophe angerichtet?«

»Willow, warte mal.« Das Gespenst fliegt das Treppengeländer hinauf und bleibt vor ihr in der Luft stehen. »Musst du wirklich gehen?«, fragt es leise und mit großen Augen.

Willow nickt mit aufeinandergepressten Lippen.

»Ich *möchte* gehen und mein Leben leben.« Sie stupst das Gespenst an. Ihre Fingerspitze verschwindet im lauwarmen Nebel. »Du verstehst das doch, oder nicht?«

Der Geist schaut an sich herab und sagt leise: »Das tue ich.«

»Das heißt aber nicht, dass du mir nicht fehlen wirst. Und denk dran – du kannst mich besuchen kommen. Es ist eine nette Wohnung, drei Zimmer, davon ein Büro. Was natürlich wieder für dich tabu ist«, sagt Willow mit erhobenem Zeigefinger. »Im Bad gibt es auch einen dunklen Einbauschrank, der könnte dir gefallen.«

Das Gespenst legt Willow einen Arm auf die Schulter und schüttelt langsam den Kopf.

»So verlockend dein schimmeliger Schrank auch klingt ...«

Sie kneift die Augen zusammen.

»Bist du noch immer nicht bereit zu gehen? Was hält dich hier?«

Das Gespenst rauscht plötzlich in die Höhe und wedelt mit den Ärmchen.

»Hast du dir unser Haus mal angeschaut? Eine wahre Augenweide. Vier Zimmer, schöner Blick in den Garten, ein Bad mit Badewanne!«

»Was interessiert dich auf einmal die Badewanne?«

»Ich wirble nun mal so gern in dem Strudel, wenn das Wasser abläuft, falls du es genau wissen musst.«

»Ja, es ist ein wunderschönes Haus. Mit einer wunderschönen Seele.« Das Gespenst lächelt geschmeichelt. »Aber im Ernst – bist du der Sache auf den Grund gegangen, warum du noch nicht gehen kannst?

Wir hatten doch mal darüber gespr –«

»Ich brauch noch Zeit!«

Die Antwort stürzt hinab und landet vor Willows Füßen auf der Treppe. Sie steigt darüber hinweg auf die nächste Stufe und sagt: »Also gut.« Auf dem Treppenabsatz dreht sie sich noch einmal um. »Mein Angebot steht, wann immer du reden willst, ich ...«

Das Treppenhaus ist leer. Vom Gespenst keine Spur.

Im Pyjama wandert Willow am Abend noch einmal durch das gesamte Haus. Ihre Finger gleiten das Treppengeländer hinab. Das Geräusch des Lichtschalters hallt in ihren Ohren.

»Gespenst?« Ihre Wollsocken gleiten über die Küchenfliesen. »Bist du hier?«

Die Dielen im Arbeitszimmer knarzen leise, als Willow den leeren Raum betritt.

»Bert?« Sie lauscht ihren eigenen Schritten, die sie ins dunkle Wohnzimmer tragen. »Lässt du dich jetzt gar nicht mehr blicken, Sieglinde?«, ruft sie in den dunklen Kamin.

Auf einmal spürt sie einen Luftzug im Nacken und ein Flüstern kitzelt in ihrem Ohr:

»Emrys. Mein Name war Emrys.«

34

Die Ladeluke des Möbelwagens schließt sich mit einem kräftigen *Rumms*. Ein kleiner Schwarm Vögel flattert aus einem kahlen Baum in den lilafarbenen Himmel. Ein kräftig aussehender Mann kommt hinter dem Lastwagen hervor und tritt zu Melanie auf den Bürgersteig.

»Fertig?«, fragt sie mit erhobenem Daumen. Ihr Gesicht ist halb hinter einem roten Schal vergraben, während der Möbelpacker in einem T-Shirt vor ihr steht und schwitzt. Er nickt und zeigt ebenfalls einen Daumen nach oben. »Super. Adresse haben Sie ja.« Mel kramt in den Taschen ihrer pastellgelben Jeans. Sie reicht ihm einen Geldschein und er lächelt ihr schüchtern zu.

An einen Baum gelehnt schaut sie dem Möbelwagen hinterher, bis er am Ende der Straße um die Kurve biegt. Dann dreht sich Mel um und saugt den Anblick in sich auf. Wirklich schade um das schöne Haus. Das schöne, vergiftete Haus.

Mit schnellen Schritten läuft sie zur Veranda, steigt die Stufen hinauf und geht hinein. Sie findet Willow in der Küche, wo sie gerade ihren Hausschlüssel auf den Tisch legt. Als Mel sich räuspert, dreht sie sich zu ihr um.

»Die Umzugsleute sind unterwegs. Bist du soweit?«

»Gleich«, antwortet Willow. »Kannst du den Blumentopf dort mitnehmen? Ich brauche noch einen Moment.«

»Okay, ich warte am Auto.«

Mel schnappt sich die kleine, kräftige Basilikumpflanze, die auf dem Fensterbrett schon sehnsüchtig auf ihre Abreise wartet. Dann verlässt sie die Küche, durchquert den Flur und klopft zum Abschied an den Türrahmen, bevor sie wieder hinaus auf die Veranda tritt.

Willow schaut hinab auf den Schlüssel zu ihrem alten Leben, ihr Herz noch immer wund. In ihren Händen ein Briefumschlag. Schlaflos hatte sie sich bis zum Morgengrauen in ihren Gedanken gewälzt. Trotz der vielen aufwühlenden Gespräche war eine Sache bislang ungesagt geblieben. Als das erste Tageslicht sich schwach gegen ihre vorhanglosen Fenster schmiegte, war sie schließlich aufgestanden. War hinunter in ihr Arbeitszimmer gegangen und hatte in einem der Umzugskartons Papier und Stift gefunden. Zwischen den gestapelten Kisten hatte sie auf dem Boden gesessen und für Thomas das bis zum heutigen Tag Unausgesprochene niedergeschrieben.

Nun legt sie den schweren Briefumschlag neben den Schlüssel. Auf Papier haben Worte mehr Gewicht.

Danke für die vielen schönen Momente.

— Wi

Langsam schiebt Willow ihre Füße über die Holzdielen im Wohnzimmer und lässt den Blick schweifen. Über den staubigen Boden. Einen letzten Umzugskarton. Die leeren Regale. Entlang der kahlen Wände bis zum Bild über dem Kamin. Die Möbel sind unterwegs. Die guten Erinnerungen verpackt. Bis auf die, die zurückbleiben.

»Emrys?« Ihr Echo hallt durchs leere Haus und erstickt in der oberen Etage. »Machs gut?«

Die Sekunden einer Minute fließen nach und nach in den leeren Raum. Es bleibt still.

Willow hebt den verbliebenen Umzugskarton mit der Aufschrift *Zerbrechlich!* hoch. Mit der schweren Kiste in beiden Händen steigt sie über die Türschwelle.

»Du wirst mir fehlen«, ruft sie über ihre Schulter zurück ins Haus. Dann bleibt sie stehen. Ein unsichtbares Band scheint sie zurückzuhalten. So kann sie nicht gehen.

Vorsichtig stellt sie den Karton wieder ab und öffnet den Faltdeckel. Behutsam befreit sie eine große Vase vom Zeitungspapier und kehrt mit ihr zurück ins Wohnzimmer. Sie geht zum Kamin und stellt die Vase auf dem Sims ab. Im Schornstein erklingt ein entferntes Geräusch. Ein leises Rasseln, fast wie ein Schluchzen. Vielleicht ist es aber auch nur der Wind.

Du wirst mir auch fehlen, denkt sie. Einen Augenblick lang betrachtet Willow den Kunstdruck über dem Kamin. Ihr Herz scheint sich mit jedem Schlag fester in ihrem Brustkorb zu verklemmen. Sie rückt das Bild schief. Zeit zu gehen.

Sachte zieht Willow hinter sich die Haustür ins Schloss. Vor ihr hüpfen zwei kleine Vögel zwitschernd auf dem Verandageländer. Mit einem tiefen Atemzug füllt sie ihre Lungen mit der milden Luft des frühen Abends. Es duftet nach Frühling und ihr Herz pocht mit einem Mal wieder wild und frei.

Als Willow die Stufen der Veranda hinabsteigt, erklingt aus dem Inneren des Hauses ein lautes Scheppern. Ein Lächeln schleicht sich in ihr Gesicht.

Epilog

Sechs Jahre später

Die Tür des Badezimmers fällt krachend ins Schloss. Gerade als der kleine Riegel unter der Klinke den Raum verschließt, drückt auch schon jemand von außen die Türklinke nach unten.

»Momeeent«, ruft Willow und durchquert den kleinen Raum. Dabei tritt sie auf ein am Boden liegendes Badeentchen, das unter ihrem Fuß quietschend ausatmet. Willow kickt es beiseite und schaut an sich hinunter. Ein kürbisfarbener Klecks dekoriert ihren hellblauen Pullover. Am Waschbecken zerrt sie ihn über den Kopf und beginnt, den Fleck unter fließendem Wasser herauszureiben. Ihre Stirn ist in Falten gelegt. Die Klinke rüttelt erneut. »Ich komme gleich, Schatz«, ruft sie Richtung Tür.

»Mama, Sue hat schon wieder Essen runtergeworfen, dabei darf sie das gar nich!«

»Ich bin gleich bei euch.«

Ungeduldig reibt sie mit einem Seifenstück über den Stoff, der sich immer weiter mit Wasser vollsaugt. Mal einen Tag ohne Brei, Milch oder Krümel überall auf ihrer Kleidung – das wär's.

»Mama!«

Kraftlos legt Willow den Kopf in den Nacken.

»Ich. Komme. Gleich.«

Ihr Blick fällt auf ihre tiefen Augenringe im Spiegel. Darüber entdeckt sie einen Klecks Tomatensoße mitten auf ihrer Stirn. Ihr Gesicht gezeichnet von dieser schön schrecklichen Zeit.

»Mama, du musst gucken kommen.«

Ich kann nicht mehr, denkt Willow, ich kann einfach nicht mehr.

»Das Wort *Mama* gern mal durch das Wort *Papa* ersetzen!«, ruft sie über ihre Schulter und legt die Seife beiseite. Der Pullover hängt aufgequollen im Waschbecken, ein vollgesogener Ärmel baumelt über den Rand. Ein Tropfen löst sich aus dem Stoff und platscht auf den Fliesenboden. Willows Blick wandert müde nach unten.

Platsch.

»Mamaaa!«

Es ist nur eine Phase, macht sie sich selbst Mut.

Platsch.

Nur eine Phase.

Platsch.

Sie nimmt den Pulloverklumpen und wirft ihn in die Badewanne. Dann dreht sie den Wasserhahn auf kalt und wäscht sich das Gesicht.

Es klopft an der Tür. Erfrischt dreht Willow das Wasser ab und tastet nach dem Handtuch. Sie drückt ihr Gesicht hinein und murmelt: »Ich schaffe das.« Sie geht in die Hocke, wischt die kleine Wasserpfütze vom Boden und wirft das nasse Tuch dann ebenfalls in die Wanne. Sie rollt ihre Schultern zurück und richtet sich auf. »Ich schaffe das!«

Als sie sich zum Gehen wendet, streift ihr Blick den Spiegel und bleibt an einer Reflexion hängen. Sie sieht direkt in die hellgrünen Augen eines Jungen. Sein haselnussbraunes Haar hängt in großen Locken bis knapp über seinen Augenbrauen.

»Klar schaffst du das. Sowas von.«

Willow hat kaum Zeit, seine Stimme mit dem schmalen Gesicht in Verbindung zu bringen. Denn als sie das nächste Mal blinzelt, ist Emrys verschwunden.

Dankeschön

Mama und Papa stehen einfach immer an erster Stelle – danke für eure grenzenlose Unterstützung. Dankeschön auch dem kleinen und großen Mann zu Hause, fürs ausreichend oft in Ruhe schreiben lassen.

Ellen, dein Lektorat hat dieser Geschichte so viel mehr Leben eingehaucht. Und danke Katja für deinen scharfen Blick beim Korrektorat.

Danke auch an meine Testler:innen Juliane, Mama und Sascha, die vor allen anderen durch diese Geschichte gegeistert sind.

Meiner Familie, meinen Freund:innen und Kolleg:innen danke, dass ihr immer wieder mein kreatives Feuer entfacht.

Und nicht zuletzt danke dir, dass du dieser Geschichte deine Zeit geschenkt hast.

Hat dir das Buch gefallen?

Wenn du beim Lesen dieser Geschichte genauso viel Spaß hattest, wie ich beim Schreiben, würde ich mich sehr über eine Bewertung online freuen. Das hilft Indie-Autorinnen wie mir enorm und ich freue mich immer über Feedback.

Danke für deine Unterstützung!

Ebenfalls von Julia Thiele erschienen:

Mein letztes Heute